ループ！

窪依凛
Kuboi Rin

文芸社文庫

3　ループ！

父さん、ごめん。
母さん、ごめん。
でも、許して……。
このままじゃ、生き地獄だよ。
もっと、強くならなきゃいけなかった。
もっと、頑張らなきゃいけなかった。
でも、俺は弱かった。もう、限界なんだ。
ごめんな。
これ以上、迷惑かけたくないんだよ。
ごめんな。
苦しさに勝てなかったんだよ。苦しさに、呑み込まれてしまったんだよ。
ごめん。
ごめん。
ごめんな……。

――……ドテチン

白戸（しらと）淳太郎（じゅんたろう）は目を閉じた。

そして、息を止めた。

酸素が吸えない。

苦しい。

しかし、止め続ける。

五分で死ねるはずだ。苦しみが増す。

しかし、止め続ける。

生きているよりも、五分のこの苦しみのほうが遥かに楽なはずだ。

目の前が真っ白になってゆく。徐々に意識が遠のいてゆくのがわかる。

――サ・ヨ・ナ・ラ……。

自分自身へ。

両親へ。

これから出会うはずだった人々へ。

この世界へ別れを告げる。

かすみ草らしき草花の匂い。

目の前に、小さな頃の自分が映し出された。笑っている。とても楽しそうに。幼稚園だろうか？　お絵かきをし、歌を歌う。お漏らしをし、先生に叱られた。

自分はどんどん大きくなり、小学生になった。

桜の花びらが舞う。

ピカピカのランドセルを背負って、ちょっとオメカシ。校門の前で、母・妙子（たえこ）と共にファインダーの中に入る。父・淳一郎（じゅんいちろう）がシャッターを押す。

「淳太郎！　もっと笑え！　今日はお前が主役だぞ！」

淳太郎は胸を張り、ピースサインをした。淳一郎が、「そうそう、その笑顔！」と笑顔を浮かべ、再びシャッターを押した。

二年生、三年生、四年生、五年生……。

運動会、遠足、授業参観。

授業参観では、親友のドテチンが妙子を見て言った。

「淳太郎のママ、超キレ～イ」

淳太郎は、誇らしげに微笑んだ。

六年生、タイムカプセルを埋めた。皆、それぞれ将来の自分へ向けて手紙を書いた。何を書いたんだっけ？

思い出せない。

皆、大人になったら開けるんだろう。

――あぁ、俺は見る事ができない。しかし、いい。これで、いい。

酸素を求める身体を無視し、淳太郎は息を止め続ける。


中学生、入学式。妙子と少し距離を置きながら、ファインダーに入った。

「笑え！　淳太郎！」

淳一郎が言った。

しかし、淳太郎は笑わなかった。恥ずかしかったのだ。ちょっとした反抗期だったのかもしれない。できあがった写真を見て、笑ってやればよかったな……、そう思った。妙子の笑顔が、少し寂しそうだったからだ。

――ごめんな……、高校の入学式では、笑うからさ。

心の中でそっと呟いた。

中学一年、恋をした。セレンというかわいい女の子だった。皆の人気者。しかし、淳太郎は話しかける事すらできなかった。じきにセレンはテニス部の先輩と付き合いだした。淳太郎の遅すぎる初恋は、叶わぬ恋に終わった。

中学二年、ドテチンが親の転勤で名古屋に引っ越す事になった。引っ越しが決まった日、ドテチンと川原で語った。

川原は、二人の定番の場所だった。

ドテチンが遠くを見ながら、「俺さ、セレンの事好きだったんだよな」と呟いた。ドテチンを見ると、耳まで真っ赤だった。

「俺に言うなよ」

そう言ったあと、「俺もだよ」そう呟いた。きっと、耳まで真っ赤だった。

中学三年、受験。プレッシャーから、両親にあたる事もあった。

「ご飯は？」

妙子が言った。そんな妙子に、「いらねぇよ！」そう言ってしまった。妙子が悲しそうな目をした。だけど、小さく微笑み、「じゃあ、お腹空いたら食べなね」と、おにぎりを作ってくれた。おにぎりを頬張りながら、心の中で謝罪した。

――ごめんな。

今まで食べたどのおにぎりよりも、うまかった。そして、自分は弱いんだと初めて認識した。

――絶対合格するからな。

誓った。

高校合格。偏差値65の有名校。一番喜んだのは、淳一郎と妙子だった。自分の事のように喜ぶ両親を見て、親のありがたさを知った。親の強さを知った。

「おめでとう！」

寿司を頼んでくれた。淳太郎の大好きなウニとイクラがたくさん。その他にも、テーブルには淳太郎の好物ばかりが並んでいた。

「ありがと」

小さな声だったが、言えた。二人は頷き、満面の笑みを浮かべた。

「ちょっとだけ飲むか？」

淳一郎がグラスにビールを注いだ。

「やめてよ。あなたみたいに飲んべぇになったら困るわ」

妙子が止めたが、「いいじゃないか。めでたい日なんだ。少しだけだよ」と、淳一郎は淳太郎にビールを手渡した。グビッと飲み干す。

「お。いける口だねぇ。どうだ？　初めての酒はうまいか？」

淳一郎が淳太郎に問うた。再びビールを注ごうとした淳一郎の手を、妙子が止めた。

「本当にやめてください。癖になったらどうするの？」

「わかったよ。淳太郎がうまそうに飲むからついさ。やっぱ血は争えないなぁ」

そう言う淳一郎の微笑みは、どこか誇らしげだった。

「こりゃ、将来淳太郎と一杯飲むのが楽しみだ」

淳一郎は、グラスいっぱいに入っているビールを一気飲みし、ハハハと大声を上げて笑った。

――ごめん、父さん。俺、本当はチューハイのが好きなんだ。

嬉しそうに笑っている淳一郎に、言葉にせずに言った。

中学一年の頃からだっただろうか？　ドテチンとよく川辺に行っては、一缶飲みながら語った。煙草も吸った。臭いでバレるのではないだろうかと心配し、香水をかけたりした。酒で一番うまかったのは、レモンチューハイ。誰かに見つかったらどうしよう。内心ではドキドキしていたが、努めて平然としていた。ちょっと、粋がりたかったのだ。

高校一年、入学式。妙子と並んでファインダーの中に入った。笑ってやろうと思っていたのに、笑えなかった。周りの視線が恥ずかしかったのだ。

「淳太郎！　何ブサッとした顔してんだよ！　笑え！　ホラ！」

淳一郎が言った。そんな淳一郎の大声に、周りが何事かと視線を向けた。

「いいから早く撮ってよ」

訴えるように淳一郎に言った。

「あ～？　だってお前、笑わなきゃ……」

「お父さん、いいから早く撮って」

淳太郎の心境に気づいたのか、妙子が言った。淳一郎はしぶしぶシャッターを押した。

――助かった。

シャッター音を聴き、そう思った。できあがった写真は、やはりブサくれている顔だったが、中学の頃より妙子との距離が縮まっている。

――今はこれで勘弁して。もう少し経ったらさ、母さんと肩を組んで、思いっきりの笑顔で写るから。

写真を見ながら、口には出さずにそう言った。


――やめろ！　もうやめろ！　そこでやめろ！　思い出すな！　流れるな！

走馬灯に向かい、淳太郎は訴えた。しかし、走馬灯は流れ続ける。淳太郎の意思とは正反対に。

高校一年、クラスはA組。少し緊張しながら、ドアを開けた。同じ中学出身の金森（かなもり）が、「おう！」と手を振った。「おう！」と言い返し、金森のもとへ歩んだ。

――やめてくれ！　もう、それ以上は！　思い出したくないんだ！　何もかも全て忘れてしまいたいんだ！　お願いだからやめてくれ！　頼む！　頼むよ！

走馬灯に向かい訴え続ける。涙が一粒、頬を流れたのがわかった。しかし、走馬灯は流れ続ける。まるで、淳太郎に罰を与えるかのように……。


高校生活が始まって一ヶ月。だいぶ、慣れてきた。主に一緒につるんでいるのは金森、隣の席の国府田。授業中、グラビア雑誌などを回し読み。

「こんなのとヤレたら、最高だよなぁ～！　俺、この子とヤレるんなら、寿命縮めてもいい！」

うっとりした顔で言う金森に、「お前、バカだろ？」なんて言って笑っていた。楽しかった。このまま、楽しいんだと思っていた。このまま、こんなふうに過ごしていくんだろうと思っていた。そして、彼女なんか作っちゃったりして。「俺の彼女が一番かわいいだろ？」そんなふうに彼女自慢なんかしちゃって。そうして、時間は過ぎていくんだと思っていた。


――お願い神様、もうやめて！　もう、勘弁して！　お願い！　お願いします！

もう、思い出したくないんだ。もう、苦しみたくないんだ。もう、十分でしょ？　あれだけ苦しんできたんだ。あれだけ辛い思いをしてきたんだ！　もう、十分でしょう？　ねぇ、もう、十分でしょう？　それとも神様、あなたは本当は存在しないの？

頭の中で、淳太郎は声の限り叫ぶ。しかし、神には伝わらない。いや、伝わっているのだろうか？　だが、いくら叫ぼうとも、淳太郎の願いは届かない。淳太郎の願いは神には届かない。走馬灯は、よりハッキリと、映像化されてゆく。やはり、神はいないのであろうか？　少なくとも、淳太郎には。

いつ頃からだったろうか？　金森の様子がおかしくなった。いつもはギャグを飛ばして笑っていた金森が、何やら思い詰めた顔をし、ぼんやりしている事が多くなった。その姿は、どこかビクビクしているようにも見受けられた。

「おい、どうした？」

金森の肩を叩く。金森は身体をビクッと震わせた。

――なんだ？　この過剰反応は。

「どうした？　何かあった？」

そう聞く俺に、金森はただ首を横に振った。

「どうしたんだよ？」

「なんでもない」

「でも、お前、何か変だぞ？」

「本当になんでもない」

「マジで？」

「あぁ」

「……なら、いいけどさ」

しっくりこなかった。やっぱり、どう見ても変だった。だけど、金森が言わないんじゃ、何もできない。本当にピンチになったなら、金森からＳＯＳが出るはずだ。あんまりしつこく聞いてもよくない。放っておいて欲しい事もある。

――女にでもフラれたか？

その程度に思っていた。

まさか、まさかあんな事になっているとは、思っていなかった。


――やめろ！！！　やめろ！！！　やめろ！！！

淳太郎は走馬灯に向かい、ひたすら叫び続けていた。頭の中で、声が大音量で響き渡っている。しかし、叫べば叫ぶだけ、走馬灯はよりハッキリと映し出された。見える。あの日の出来事が。今までの出来事が、やめてと願うたび、映像はハッキリと映し出され、淳太郎の願いを踏みつけるかのように、流れに流れていく。

あの日、いつものようにゲーセンでも寄って帰ろうと、国府田と共に金森を捜した。

しかし、教室に金森の姿はなかった。

「アイツ、どこ行ったんだ？」

「先、帰ったんじゃねぇ？」

「でも、鞄あるぜ？」

「あ、ホントだ」

「ちょっと待つ？」

「だな」

教室で金森が来るのを待っていた。

「なぁ、アイツ、最近変じゃねぇ？」

国府田に問う。国府田は茶髪に染めた長い前髪を掻きわけた。人気タレントを真似た髪形。アヒルのような顔とのギャップが目立つが、そんな事はとてもじゃないが言えない。

「あ～。でも、聞いても何も言わないし、気のせいじゃない？」

人差し指で前髪をクルクル回しながら、国府田が言う。

「だと、いいんだけど」

「女かな？」

「あ、俺もそう思った」

国府田がニヤリと笑った。

「フラれたか？」

「俺もそう思った」

「でもさぁ、そんなだったら、なおさら放っておいたほうがよくねぇ？　言いたくなったら本人が言うっしょ？」

「……だな」

「それにしても遅ぇな」

机の上に座っていた国府田が、ピョンッと飛び降り着地した。待ち始めてからまだ五分。短気な国府田らしい。

「帰らねぇ？」

「あぁ、でも……心配じゃね？」

「大丈夫っしょ。置手紙でもしとけよ。【遅い！　明日、学食おごれ！（笑）】ってさ」

「ははは。だな」

国府田と共に、【遅い！　明日、学食おごれ！（笑）】と書いた置手紙をし、教室を出た。

下駄箱に向かう。靴に履き替え、校庭に出る。

「どっか寄ってく？」

まだ前髪をいじくりながら、国府田が問うた。

「あぁ、別にいいけど」

気のない返事を返す。

「どこ行く？」

「ゲーセン？」

「ま、そんなとこかな」

国府田がため息をつく。

「どした？」

「いや、たりぃ～なって思ってさ。何かいい事ねぇかなぁ～！」

背伸びをしながら、デッカイ独り言を言うように、国府田が叫んだ。

「お前のいい事ってなんだよ？」

「う～ん……。金拾ったり、金もらったり、金見つけたり？」

「金かよ！」

あははっと声を出し笑った淳太郎に、国府田も笑った。

「だって、金ねぇとなんにもできないじゃん？　世の中愛だ！　とかなんとか言うけどさ、俺から言わせればそんなの偽善だね。ある程度の金がないと、人間身も心も貧しくなるわけよ？　だろ？」

国府田が淳太郎に同意を求めた。少し考え、返答する。

「まぁ、それもあるかもしれないけどさ。たぶん、世の中愛だ！ってのは、そういう者達も自分自身に言い聞かせてるんじゃねぇ？　人間、誰でも金は欲しいからな。だけど、その思いに支配されたら、世の中もっとおかしくなるぞ？」

淳太郎の意見に、国府田は「あ～……」と言ったまま、しばし思考停止状態になった。

「なんか、お前の発言って難しくてわかんない」

「マジで？」

「うん……」

国府田と目を合わせる。淳太郎にしてみれば、なぜわからないのか不思議だが、国府田にしてみれば、なぜそんな発言が出るのか不思議なんだろう。人間のコミュニケーションは難しい。自分の思いを伝えるのが簡単だったら、確実に思いを伝えられたのなら、もっと世界は変わっている。誤解なんてものがなくなるだろうから。そう考えると、言葉とは難しいなと思う。

「ま、いいか」

国府田が笑った。国府田のこういうサバケたところは、結構好きだ。

「だな！」

国府田に向かい、淳太郎も笑った。今はそんな難しい事を深く考える時期でもない。せっかく受験が終わって、楽しい高校生活が始まったのだ。考えなくてはならない時は、じきに来る。その時、真剣に考えればいいのだ。でも、そんな事を言ったら、また世のじいさん、ばあさん、政治家、教育評論家なんかに怒られるのかな？

ま、いっか。今が楽しければそれで。

「ごめんなさい！」

旧校舎の裏側から声がし、振り向いた。

「金森の声じゃねぇ？」

国府田が言った。淳太郎も、金森の声に聴こえた。

「ごめんなさいって、聴こえたよな？」

なんとなく、嫌な予感がした。いつもおちゃらけた金森の口から、ごめんなさいとは……。

人一倍負けん気が強くて、人一倍自分を大きく見せたがる金森の口から出る言葉だとは思えない。淳太郎と国府田は、自然と声がするほうに歩いた。

旧校舎、今は使われていない木造の校舎。たしか、来年あたりから工事が始まり、取り壊されるはずだ。今は、生徒が乱用している。カップルの喘ぎ声が聴こえる有名な場所。それを覗こうと、数人で待機してる奴なんかもいたりする。

生徒達の間では、旧校舎で結ばれた二人は、永遠の愛を手に入れられると噂されている。なんでも、昔旧校舎で心中した男子生徒と女子生徒が、望んだ愛を手に入れられ、今では生徒達に幸せを分けているのだとか……。全くもって、バカバカしい噂。普通、そういう話なら、心霊的な噂になるのでは？　余程ロマンチストな誰かが、勝手に作り上げ流した噂なのだろうが……。それを信じている奴らも、淳太郎にしてみれば、ハッキリ言ってくだらないとしか思えない。

でも、そんな噂があってもいいのかもしれない。今の世知辛い世の中、何かに頼らなくては、精神のバランスを保つのも難しいだろう。それは、宗教なんかでも一緒だと思う。淳太郎は、神なんて存在は信じてないが……。

だって、神が本当に存在するなら、なぜ、罪もない人を不幸にする？　病気だったり、事故だったり、殺人だったり……。その他いろいろ。

「ごめんなさい！」

声が徐々に大きくなる。間違いない。金森だ。金森の声だ。

――何事だ？

嫌な胸騒ぎはだんだん大きくなる。足早に、声のする方向に向かった。

「……おい」

国府田が、淳太郎の腕を叩いた。三人に囲まれ、ボコボコに殴られている金森の姿。痛みに耐え、ひたすら謝っている金森の姿。

「誰だ？　アイツら……」

「……元木達だ」

「同じクラスの？」

「あぁ、いつも一緒にいるだろ。元木、戸田、山本……。アイツらヤバイんだよ」

「ヤバイ？」

淳太郎の問いに、国府田は黙って頷いた。

「何がヤバイ？」

「いつもはおとなしいけど、裏じゃいろいろやってんだ……。成績も優秀、両親達も有名な政治家とか医者とか……。中学の頃から噂されてただろ？　坊ちゃんヤクザって……」

「あの、南中の？」

「あぁ。自分の女に援交とかさせて、相手のオヤジボコボコにした挙句、相手の会社や家族に写真とか送って遊んでるんだ」

「自分の女に？　マジで？」

「あぁ。アイツら顔もそこそこじゃん？　金も持ってるし、遊びも知ってる。もちろん、女の扱いにも慣れてる。言い寄ってくる女は結構いるんだよ」

元木達の顔を見る。顔のパーツは整っている。それに今ふうの身なり。たしかにモテるのかもしれない。だけど……。

そう言うと、国府田はあとずさりした。

「俺、関わりたくねぇ。お前も関わるな」

「は？　何言ってんの？　お前」

国府田の腕を掴む。

「ごめんなさい！　ごめんなさい！　許してください！　もう、殴らないでください！」

金森の悲痛な声が聴こえ続けている。

金森は三人に向かって必死に土下座をし、許しを乞うている。

「おい、助けるぞ」

金森の悲鳴に近い救いを求める声は、ヒートアップするだけだった。

「冗談だろ？」

「は？」

「今、アイツ助けたら、今度は俺らが何されるかわからないんだぞ！」

「だからって、このまま放っておくのかよ！　友達だろ！」

国府田の腕を、さらに強く握り締めた。

「国府田！」

しかし、国府田は、淳太郎と目を合わせないどころか、どんどん後退していっている。

「帰る！」

そう言うと、国府田は淳太郎の手を思いきり振り払い、校門に向かい全力ダッシュした。

「おい！　待てよっ！」

国府田の背中に叫ぶ。しかし、国府田は振り返る事すらしなかった。

淳太郎は、国府田の後ろ姿を眺めていた。

――友達ってなんだ？

どうして逃げる事ができるのだろう？　なぜ、見捨てる事ができるのだろう？　いつもツルんでいる奴が、苦しんでいるのに……。友達だったら、どんな事をしても助けるべきじゃないのか？　そうじゃないのか？

「ごめんなさい！」

金森の声でハッとする。元木達の笑い声が響く。クスクスという、嫌な笑い声。悪意の塊。そんな笑い声。この世に、これほどまでに悪意のこもった笑い声があることを、淳太郎は初めて知った。

元木達はガムテープで金森の手足を縛ると、旧校舎の扉を開けた。

「毛虫ごっこ～♪毛虫みたいに這いずって脱出しな！」

金森の身体を、三人が持ち上げる。金森は、恐怖に染まった顔で、硬直している。

淳太郎の頭の中で、プチッと何かが切れた。

――これが、人間のする事か？

「てめぇら、何やってんだよ！」

気づいた時には、元木に殴りかかっていた。元木が、地面に思いっきり頭をぶつける。淳太郎は元木の身体に跨がり、右手で胸倉を掴み、力の限り思いっきり頬に拳をぶつけた。

「何、コイツ」

山本と戸田が、少しビックリしたような声を出した。

元木の頬に、一発、二発、三発と、拳を命中させる。ハッとしたように、そんな淳太郎を押さえつける山本、戸田。

「お前ら何してんだよ！　放せよ！　放せっ！」

しかし、山本と戸田は放さない。暴れる淳太郎を、より強く押さえつける。淳太郎は地面にうつ伏せにされた。

倒れていた元木が起き上がる。

「ありがとよっ！」

元木の蹴りが、背中に命中する。グフッと、胃のあたりから変な息が漏れる。息が吸えない。目を見開く。そんな淳太郎の姿を見て、元木・山本・戸田はクスクスと笑う。

悪魔の笑い声。

「コイツのお友達でちゅか〜？」

木の枝で金森を突きながら、元木が言った。

「あぁ、コイツ、同じクラスじゃん」

山本が淳太郎の顔を見、言った。

「コイツとツルんでる奴か」

戸田が、金森から淳太郎へと視線を移した。

「放せ！　何やってんだよ、お前ら！　ふざけんじゃねぇよっ！　自分達が何してるのかわかってるのか！」

うつ伏せにされながらも、三人に叫んだ。

「何やってんだよ、だって〜。目、見えてないの？　見りゃわかるっしょ？」

イヒヒッと、笑いながら山本が言った。押さえられて動けない淳太郎の髪を山本が力一杯引っ張った。ニヤけている元木の顔が見えた。元木が唾を吐きかけた。吐きかけられた唾は、血の臭いがする。口の中が切れているんだろう。しかし、元木はうまいものでも舐めるように、口の中を舐めている。起き上がろうとしても、山本・戸田に押さえつけられ、起き上がれない。そんな淳太郎を、元木が見下ろす。

「なぁ、どうする？」

戸田が淳太郎の髪を引っ張る。顔がガクッと上を向く。

「う～ん……。お前ら、どうしたい？」

意見を求められ、元木が二人に問うた。二人はニヤリと笑い、即答した。

「遊びたいねぇ～！」

「とことん遊びたいよなぁ～。正義感溢れる子猫くんと」

「じゃ、遊ぼっか」

殴られた頬を撫でながら、元木が言った。口元は笑っているが、目は怒りに満ちている。

「ヤッター！」

ふざけたように、山本が両手を上げてバンザイをしてみせた。戸田は、♪ひゅ～っと口笛を吹いてみせた。

「じゃあ、どうぞ」

元木が、二人に両手をひっくり返してみせた。

元木の合図で、山本・戸田が淳太郎をいたぶった。山本の蹴りが腹に命中する。戸田の蹴りが背中に命中する。動けない。ただ顔を庇い、殴られ続ける。激痛。呼吸が上手くできない。胃に、下腹に、太股に、ふくらはぎに、背中に、腰に、蹴りは命中し続ける。ゲホッゲホッと、変な咳。

「あ、なぁなぁ、ちょっと待て」

元木が二人を止めた。元木の声に二人は従う。蹴りが止まる。必死で息を吸い込む。ハッハッと、浅くしか吸い込めない。しかし、吸い続ける。身体が酸素を求めている。身体の欲求に従い、吸う。吸う。吸う。そんな淳太郎を見て、元木がいやらしい笑みを浮かべた。

「何？　もうやめんの？」

戸田が、つまらないといった顔をした。

「どうしちゃったの？　裕貴（ゆうき）にしては優しいじゃん」

山本が元木に言う。

「違う違う。まぁ、俺は優しいけどね？」

右手の人差し指を左右に動かしながら、元木が言った。

「じゃあ、何？　面白い事？」

山本が目を大きくしながら、元木に尋ねた。

「どうだろう？　面白いと思う？」

元木が首を左へと傾けながら、山本へ問うた。

「裕貴のアイディアは最高だからね」

山本が笑い声を交えながら言う。

「なんだよぉ～。おもろいことなんだろ？　早く言えよ～」

戸田が一歩、元木へと歩んだ。待ちきれないといった顔をしている。

「あのさ、人間さ、自分が一番かわいいじゃん？　お前らだってそうだろ？　俺もそうだよ。でもさ、コイツは頭悪いから、選択間違えちゃったんだよなぁ。そんなコイツにさ、教えてやりたい事があるわけよ」

元木が俺の頭をポンポン叩きながら言った。頭を激しく振り、抵抗する。いくらいたぶられようが、コイツらのような外道にこびるほど、腐ってはいない。

「なんだよ？」

ワクワクしながら、山本が聞いた。

「ん？　バカみたいな正義感持って粋がる奴ってのは、痛い目を見るって事だよ。それが現実だって事を、俺はこのおバカちゃんに教えてやりたいわけなんだけど」

そう言うと、元木は金森に近づいた。金森の手足に巻きつけているガムテープを剝がす。金森は何も言わず、ただ震えている。

「さ、起きなちゃい、僕ちゃん♪」

元木が金森の胸倉を掴み、強引に立たせた。

「君は、今から僕達のお友達でしゅよ～。わかりまちたか～？」

元木が、金森の耳元で囁く。金森はギュッと目を瞑っている。

「わかりまちたかって聞いているんですよ～？　お返事は～？」

余程の恐怖に耐え続けてきたのだろう。金森はただ震えているだけで、その姿はまるで、捨てられた小さな子猫のようだった。

「お返事はって聞いてるんだよ！　お前の口はなんのためにあるわけ？」

バシッと頬を引っぱたく音が響いた。金森は、瞑っていた目を開けた。

「君は、今日から僕らの大切なお友達～。わかりましたか？」

「は、はい！」

慌てて返事をする金森。

「ものわかりがいい子でよかったでちゅ～」

元木が発する赤ちゃん言葉に、ゲラゲラ笑う山本・戸田。

「じゃあ、僕達のお友達の君に、聞きたい事があります。そこで横たわっているアレは、君を助けようとしてこんなになりました。お友達を助ける。コレは、正しい事でしょうか？」

元木の質問に、金森は困惑している。元木が望んでいる返答をしなければ、またヤラれると思っているのだろう。

元木は金森の髪を摑み、力一杯引っ張った。金森の口から、「ひっ」という小さな悲鳴が漏れた。

「正しい事だよねぇ〜？　そうだよねぇ〜？　だって、お友達なんだもんねぇ〜？　そのお友達がやられてたら、助ける！　コレって、間違っていないよねぇ〜？」

「は、はい！」

金森の返答を聞き、元木は二回頷いてみせた。

「よかった〜。正義感のわかるお友達で〜。僕達仲良くやってけそうだねえ〜」

そう言うと、元木は金森の頭をナデナデと撫でた。胸が痛かった。金森が、こんなにもプライドを壊され続ける日々を送っていたのかと思うと。もはや、自分自身を見失ってしまうまでに……。毎日、毎日、耐え続けてきたのだろう。

「でね、僕ね、さっきね、見てたからわかると思うんだけど、そこのアレに殴られちゃったの。痛かった〜。ホ〜ラ、見て。ここ、腫れてるでしょう？　でも、僕はやり返してないんだよ？　でさ、そんな時、僕のお友達の君はどうしてくれる？」

まだ金森の頭を撫でながら、元木が言う。

――蹴ったじゃねぇかよ！

元木を睨みつける。しかし、元木は笑ったままだ。

「どうしてって……」

「お友達がやられたら、仇取ってくれるのが本当のお友達なんじゃやない？　男の子なんじゃない？　あ、君、男の子だよねぇ～？」

わざとらしく微笑を浮かべながら、元木は金森の股間を掴んだ。金森の身体がビクッと震えた。俺の知っている金森は、もうここには存在していなかった。

「あ、男の子だねぇ～。よかったよかった」

ぎゃはははははっと、山本と戸田の笑い声が響いた。

「さて、ここで質問だ。か弱い僕の仇を取ってくれた人～。手ぇ上げて～」

「は～い」

「は～い」

山本と戸田が、威勢よく手を上げた。

「あれぇ～？　君まだ、仇取ってくれてないの？　あ、取ってくれてないよねぇ？　もちろん、取ってくれるでしょう？」

元木が金森の背中を押す。金森は強張った顔をし、硬直している。

「モタモタしてんじゃねぇよ！　友達だろ！」

戸田が金森の右手を引っ張った。金森が淳太郎に近づく。

「やれよ！」

山本の大声が響いた。金森はギュッと目を瞑った。

「やれねぇのかよ？　友達じゃねぇのかよ？」

戸田が金森の頬を引っ叩いた。金森がハッとしたように目を開けた。

「やれ！」

元木が金森の背中を蹴った。金森はバランスを崩し、地面に倒れた。そして、すぐに起き上がり、淳太郎に近づいた。

「……おい」

淳太郎は金森の目を見た。見続けた。しかし、金森は淳太郎の目を見ない。

「金森！！！」

淳太郎は、金森の名を叫んだ。しかし、金森は何も言わない。

「おい！！！」

金森に向かい叫ぶ。しかし、金森は淳太郎の言葉には返答せず、一歩一歩淳太郎へ近づいた。

「早くやれ！　それともやられたいか！」

戸田が金森の胸倉を摑み、怒鳴った。金森は戸田の目を見、「は、はい」と返事をした。

　そして、大声を上げた。

「あああああぁぁぁ！！！」

　金森の蹴りが、淳太郎の腹に命中した。うっと、小さな声が口から飛び出た。

「もっと！」

「あぁぁぁぁぁ！！！」

　戸田の命令。それに従う金森。胸に命中する蹴り。

「もっと！」

「あぁぁぁぁあああ！！！」

　山本の命令。従う金森。太股に命中する蹴り。

「もっと！」

　元木の命令。従う金森。顔面に命中する蹴り。

　痛み。激しい痛み。口から血が飛び出た。痛い。痛い。しかし、これは身体の痛みじゃないだろう。

　心の痛みだ。

　友の裏切り。

　金森は興奮状態のまま、息をゼーゼーと荒らげた。そして、地面の一点を見つめていた。淳太郎は、ずっと金森を見ていた。金森が、自分を見てくれる事を祈って……。

「金……森……」

金森の名を呟いた。

——今日ヤラれても、いいじゃないか。もし、コイツらが再び暴力を振るうなら、闘えばいいじゃないか。コイツらだって、命までは取らないさ。なぁ、俺達は独りじゃないいんだから。今日は泣いても、明日笑えばいいじゃないか。違うのか？ 違わないだろ？ 俺がお前を友だと思っているように、お前も俺を友だと認めてくれてたんじゃないのか？ なぁ、違うのか？ なぁ、金森……。

現状が信じられない。金森が自分を裏切るなんて信じられない。しかし、これは現実だ。夢でもなんでもない。それは、体中に伝わる痛みでわかる。

口中に広がる血の味を確かめながら、金森の目を見つめ続けた。しかし、金森は一度も淳太郎の目を見る事はなかった。

「大変よくできまちた。いい子いい子」

元木が金森の頭を撫でた。金森はまだ興奮状態のまま、ゼーゼーと息をし、肩を上下に動かしながら、地面の一点を見つめていた。

「じゃ、最初はこのへんでいいか」

元木が淳太郎の顔を覗き込み言った。

「あぁ、ま、いいんじゃない」

山本、戸田が同意した。

「はい、スポーツ終わり！　ストレス発散！　身体動かしたら腹減ったわ。何か食いに行こうぜ」

掌をパンッと合わせながら、元木が言った。

「じゃ、新しいお友達の歓迎会といきましょうか？」

「だね」

「行くぞ」

元木の合図で、山本、戸田が歩き出す。金森は何も言わずに、まだ地面の一点を見つめていた。

「金森、行くなよ。バカ見んの自分だぞ」

金森に言う。しかし、金森は返事をしない。

「おい！　早く来い！」

元木が金森を呼んだ。金森は、ハッと顔を上げた。

「金森、お前、金持ってるよなー？」

元木が金森に聞いた。金森は頷いた。

「じゃあ、今日は金森のおごりでぱぁ～っとやりますか！」

「いいね～！」

山本、戸田が同意した。金森は何も言わずに淳太郎に背を向け歩き出した。

そして、去った。元木達と共に……。

淳太郎は、小さくなっていく金森の背中を見つめていた。振り向いてくれと、せめて振り向いてくれと願いながら。

しかし、金森は一度も振り向く事なく、一歩距離を置き元木達と共に校門をあとにした。


――――息を吸おうか。こんな事を思い出さなきゃいけないなら、息を吸おうか……。いや、ダメだ。このまま、止めなくては、楽になれない。きっと、この今の苦しみは一瞬だ。止めろ！

自分へ言い聞かせた。そして、淳太郎は息を止め続けた。早く五分経つ事を願って。

走馬灯は続く。


淳太郎はなんとか身体を動かし、帰路に就いた。両親に姿を見られないよう、泥棒のように音を立てずに鍵を開け、中に入る。そっと自室に入り、鍵をかけた。泥だらけの制服を脱ぎ、ハンガーにかける。

信じられなかった。この状況が。高校生にもなって、いじめなんてダサい事をやっている者達がいる事も、自分がそんな状況にまきこまれてしまった事も、金森の裏切りも……。まだ、信じられなかった。

「淳太郎？　帰ってるの？」

ドアのノックと共に、妙子の声がする。妙子の声に、身体がビクッと震えた。

「淳太郎？　ご飯よ？」

ドアノブが回される。

「今日、いらない。具合悪いんだ。放っておいて」

「具合悪いって……。お腹痛いの？　頭痛いの？　熱は？　とりあえず薬飲みなさい」

まだドアノブを回す妙子。

「大丈夫だから放っておいてってば！」

ドア越しに怒鳴る。そんな淳太郎の声を聞き、淳一郎が二階に上がって来る。

「どうした？」

「淳太郎が具合悪いって言うんだけど……。ドア開けないのよ」

ドンドンドン！

淳一郎がドアを叩く。

「おい！　どこが悪いんだ？　とりあえずドア開けろ」

淳太郎は前髪を掻き上げ、小さく息を吸い込み叫んだ。

「放っておいてって言ってるだろ！　子供じゃないんだ！　薬ぐらい自分で飲むよ！

今は放っておいてよ！」

淳太郎の怒声に、ビックリしている両親がいる。どちらかというと温和な性格の淳太郎は、普段、大きな声など出した事はない。両親も、淳太郎の怒鳴り声などあまり聴いた事はない。その淳太郎の怒鳴り声。ドア越しからでも、両親の驚いた顔がわかる。

「……じゃ、薬箱出しておくから、ちゃんと飲むのよ」

妙子の声。淳一郎と妙子が階段を降りていくのがわかった。淳太郎は、安堵のため息を漏らした。

鏡を見る。青痣が口の周りにできている。唇が切れている。ドラマの喧嘩のシーンなんかで観る、あの顔。まさか、自分がこんな顔になるとは。まだ、頭の整理ができていない。どうして自分はこんな顔になっているのだ？　状況を把握しようとしても、それを脳が拒否していた。防衛反応だろうか？　とにかく、この姿をなんとかしなければ。身体中泥だらけだ。顔の血も洗い流さなくてはならない。両親が寝たら、そっとシャワーを浴びよう。

時計を見る。二十時二十分。両親は遅くとも二十三時には寝る。約二時間半の我慢だ。

とりあえず、淳太郎は部屋着に着替え、ベッドに横になった。目を瞑っても瞑らなくても、金森の顔が浮かぶ。金森の悲鳴交じりの声が聴こえる。

――アイツ、どんな気持ちだった？

考えなくても、答えは出る。

辛かった。

悲しかった。

苦しかった。

――きっと、俺が殴られた痛みよりも、アイツのほうが痛かった。

淳太郎は、金森の気持ちを察しようとした。

――金森はあのあと、無事帰れただろうか？　連れまわされ、ヤバい事に手を出したりはしてないだろうか？

そう心配する気持ちと、やっぱりどこかで許せない気持ち。

携帯に電話を入れようとも思った。だけど、できなかった。やっぱり、ショックだった。そうして考えてみると、やはり人間は自分が一番かわいいのかもしれないと思った。だとしたら、金森が取った行動は仕方ないのかもしれない。

――アイツは、今までずっと独りで耐えてきたんだ。俺より、恐怖はでかかっただろう。

　でも……。

ため息が出る。どうして、金森は自分や国府田に相談しなかったのだろうか？　なぜ、頼ってくれなかったのだろうか？　金森が話してくれていたら、俺は身体を張ってでも助けた。たとえボコボコになったって、一発でも二発でも多くやり返していた。力になった。なのに、どうして金森は言ってくれなかったのだろう？　そんなに自分は、頼りなかったのだろうか？　まだ仲よくなって日は浅くても、俺は金森を大事な友だと思っているのに。金森にとっては、違ったのだろうか？

　寂しさが込み上げていた。

　携帯を手に取り、アドレス帳を開く。

金森智一(ともかず)。

通話ボタンを押そうと、親指を当てる。

――だけど、やっぱ……。

親指の力を抜く。携帯を閉じ、床に投げた。

――明日、普通に話しかければいいか。

今、金森の声を聴いてしまったら、「なんで逃げたんだよ?」そう責めてしまうかもしれない。もう少し、冷静になりたい。あの状況の中、一番辛い思いをしたのは金森だったはずだから……。

両親が眠ったのを確認し、そっとシャワーを浴び、淳太郎は眠りに就いた。目覚ましは、いつもより二時間早くかけた。妙子が起きる前に、家を出るために。

翌日、淳太郎は朝五時半に家を出た。制服には、まだ泥がついていた。手で払っても、落ちるものではなかった。

制服を紙袋に入れ、コインランドリーに向かい、ズボンとブレザーを洗濯する。縮むだろうが、そんなのはどうでもいい。乾燥機で回っている制服を見ていると、ため息が出た。

ピーッという乾燥終了の音。

乾いたかどうか確かめ、再び紙袋に入れ、公園に向かった。

公衆便所に入り、人がいないか確かめる。誰もいない事を確認し、大便の個室へ入り、制服に着替えた。

腕時計を見る。午前六時四十分を回ったところ。登校時間の八時半には、まだ時間がある。

淳太郎は川辺に向かった。そして、いつもドテチンと語り合った場所に腰を下ろし、川を眺めた。

――アイツがいれば、あんな奴らこてんぱんにやっつけられたな。

ドテチンの顔を思い浮かべる。

『どうしたんだよ？　シケた面して！』

ドテチンの声が聴こえたような気がした。

――仕方なかったんだよな……。

小石を掴み、川に向かって投げながら、そう自分に言い聞かせた。

――『よう！　あれから大丈夫だったか？　お前のせいでこんな顔だよ！　今日、B定おごれよ！』

金森に会ったら、笑って言ってやろう。そうすれば、金森だって安心してくれるはずだ。許す心だって大事だ。また、これから友情を深めていったらいい。いろいろな事を重ねて、深まっていくものが友情だろう。

淳太郎は、なんべんもなんべんも台詞を唱えた。


――神様！　もうやめて！　まだ五分経たないのか？　五分で死ねるんじゃないのか？　それとも、もう死んでるのか？

呼吸ができない事に、不思議と苦しみはなくなっていた。淳太郎はただ、走馬灯の中を彷徨(さまよ)っていた。どんなに映像をかき消そうとしても、映像は流れた。三百六十度、映像は流れている。どこを向いても映像は目に入る。目を閉じても、同じ事だった。

恐怖が、強まってゆく。思い出したくない。最強の恐怖。戦慄。流れ続ける走馬灯は、自ら命を捨てる罰なのだろうか？

走馬灯が、流れ続ける。

登校時間になり、淳太郎は学校に向かった。青痣だらけの淳太郎の顔は、皆の注目の的だった。

教室の扉を開ける手が、わずかに震えていた。緊張と不安。もし、昨日よりひどい事態になってたら……。

――大丈夫だ。金森を信じろ。金森は、俺の大事な友達なんだから。大丈夫だ。

そう言い聞かせ、淳太郎は扉を開けた。クラスメイトの視線が淳太郎に集まった。しかし、誰もなんとも言わなかった。ただ、ジロジロと足元から頭の天辺まで、淳太郎を見回した。視線というのは、舌に似ていると思った。視線という舌に、舐め回されている感覚がした。

金森の姿を捜す。金森は席に座っていた。そして、淳太郎と目が合うとさっと下を向き、両手で机を掴んだ。

――よかった。登校してて。休むかとも思ってた。

淳太郎は、小さくため息をついた。金森のもとまで歩み、背中をぽんっと叩いた。

「よう！　あれから大丈夫だったか？　お前のせいでこんな顔だよ！　今日、B定おごれよ！」

練習したとおりに、淳太郎は金森に向かい言葉を投げかけた。明るく、少し笑い声を混ぜながら。

よくできた。そう思った。しかし、金森は淳太郎の目を見なかった。

「おい、どうした？」

そう言い、金森の肩を摑んだ瞬間、悲鳴のような怒声のような、金森の声が響いた。

「触んなよっ！」

「え？」

金森は淳太郎の手を振り払った。淳太郎は振り払われた手をじっと見つめた。

――え？

何がなんだかわからなかった。予想していなかった展開だった。自分が金森を受け入れれば、金森も受け入れるだろう。そう思っていた。しかし、金森は淳太郎を拒否した。クラスメイトの視線が、淳太郎と金森に集まっている。

「どうした～？　カネ～！　何かあった～？」

元木達が金森に言った。いつの間にか、元木達は登校していた。金森は、元木達のもとへ駆け寄った。

「アイツ、しつこくて」

「あ～、やだね～」

元木達の目が笑っていた。顔は笑っていない。しかし、目は笑っている。

「ねぇねぇ、そこの君、僕達の大事なお友達にちょっかい出すのはやめてねぇ～？」

元木が淳太郎に向かい叫んだ。淳太郎は、何がなんだかわからないまま、振り払われた手を見つめ、フリーズしていた。放心状態とは、こんな状態の事を言うのかもしれない。そう思った。

キーンコーンカーンコーン……。

チャイムの音と共に、すぐに担任が扉を開いた。歳は三十代半ば。体育教師。体形はぽっちゃり。腹が出ている。もう髪は後退していた。生徒は陰で『若はげ』と呼んでいた。ジョークの通じない若はげ。さすがに、本人の前であだ名を言う者は誰一人いなかった。皆が席に着いた。

「うぉ～い、HR始めるぞ～」

そう言うと、若はげは出欠を取り始めた。淳太郎はずっと下を向いていた。しかし、ダメだった。

「白戸～……。ん？　おい、お前、その面どうした？」

若はげが問う。淳太郎は何も答えなかった。そんな淳太郎に若はげが叫んだ。

「おい！　白戸！　お前だよ！　顔上げろ！」

迫力のある怒声。淳太郎はしぶしぶ顔を上げた。

「どこで喧嘩した？」

若はげが問うた。

――喧嘩？　なぜ喧嘩だと決めつけるのだろうか？

若はげが人気がない理由が、わかった気がした。何も答えない淳太郎に、若はげが言った。

「あとで、職員室来い！」

その口調は、目下の者に命令するお手本のようだった。

「聞こえてるのか！　返事は！」

「……はい」

仕方なく、淳太郎は小さく返事をした。若はげは舌打ちをし、「全く」と呟いた。見なくても、元木達が笑みを浮かべているのがわかった。

ＨＲが終わり、言われたとおり淳太郎は職員室へ向かった。職員室に入るなり、美術教師の齋藤（さいとう）が、「なんだ、お前、喧嘩か！」と声を上げた。教師達の視線が淳太郎に集まった。

「そうなんですよ。入学早々、全く」

若はげが言った。

「で、どこの生徒と喧嘩した？」

そう問う若はげに、淳太郎はもう何も言えなかった。なぜ、他校の生徒と決めつけるんだろう？　なぜ、喧嘩だと断言するのだろう？　自分の生徒達には非はないという態度。そう思い込んでいるのか？　思おうとしているのか？

淳太郎はため息混じりに言った。

「親父と喧嘩しちゃいました。すみません」

「親父？　家でか？」

嘘だった。

昨日の出来事を話すのは、避けたかった。事態がより悪化するだけだと思ったのだ。それは、自分に襲いかかる嫌悪しか感じられない日常を回避したいがためでもあったが、なにより、金森が正しい道を自ら選んでくれるのではないかという期待からでもあった。今の自分が間違っていることに気づいてくれるのではないかと、淳太郎は心の中でまだそう信じていたかった。

親父と聞き、若はげが安堵したのがわかった。面倒くさい問題ではないのだと思い安心したのだろう。

「家での問題なんだな？」

しつこいくらいに若はげが聞いた。

「はい」

淳太郎はどうでもよさ気に答えた。そんな淳太郎に、若はげが問うた。

「で？　何やったんだ？」

その問いは、教師としてではなく、個人的な興味であるとしか思えなかった。淳太郎は即座に答えた。

「ゲームばかりやっていたからです。勉強しなかったからです。反省しています。ごめんなさい」

「うむ」

なぜ、若はげに謝罪しなくてはならないのだろう？　そう思ったが、口にはしない。若はげは謝罪した淳太郎の肩をポンッと叩き、「行ってよし！」とだけ言った。淳太郎は軽く頭を下げ、職員室を出た。

教室に帰り、国府田のもとへ行った。しかし、国府田も淳太郎の存在を否定するかのように、淳太郎を避けた。

「おい」

国府田の後ろ姿に言ったが、国府田は振り返らなかった。そして、元木達のもとへ行った。元木達のグループは、金森・国府田を含め、五人になった。

淳太郎を見ようとしない金森と国府田。錘が、身体の中に沈んでゆく感覚だった。目の前に、黒いフィルムを何重にも置かれたような。

淳太郎は、友達を失くした。それは、とても簡単に。とても、短時間で……。お菓子のおまけのおもちゃがすぐに壊れてしまうように、とても儚く……。

淳太郎が側に寄ろうとすれば、皆が避けた。元木達の恐ろしさを、誰もがわかっていた。淳太郎はたった一日で、クラスの除け者になってしまった。孤独な時間。疑問ばかりが生じる。

――国府田の言うとおり、関わらなきゃよかったのか？　自分の身を守る事を一番に考えればよかったのか？　そうなのか？

視線を、金森・国府田に移す。二人は、元木達の輪の中で笑ってはいるが、どう見ても楽しそうではない。無理やり作った笑顔と笑い声。酷く醜いものに見える。

「腹減った～」

元木の言葉に、「俺も～」「あ、俺も～」と、山本・戸田が同意する。

「でも、購買まで行くのたりぃ～よなぁ」

その声を聴いた金森が、率先して「俺、行くよ」などと言う。国府田も黙って、金森のあとについて行く。そんな二人の後ろ姿に、「ごめんね、カネ～。国府田～」などと声をかける三人。

――あれじゃ、ただのパシリじゃんか。

何が正しくて何が間違っているのか？　もう、淳太郎にはわからなくなっていた。

淳太郎はずっと校庭を眺めていた。

――俺が間違っていたのか？

疑問は、次から次へと生まれる。

――いや、間違ってなんかいないはずだ。

自分へと言い聞かせる。これが間違いなら、何が道徳なのかわからない。

――帰ったら、ドテチンにでも電話すっかな。

ドテチンに今の状況を話したら、なんて言ってくれるだろうか？　きっと、『お前は間違っていない！』そう言い切ってくれるはずだ。そうに違いない。アイツは、そういう奴だ。それは、淳太郎が一番よく知っている。

たしか、中学一年の冬だった。

同じクラスに、大和（やまと）という奴がいた。いわゆる『不良』にあたるのだろうか？　いや、今考えれば、『不良』に憧れていただけとしか思えない。粋がった大和は、髪を真っ赤に染め、わざと煙草をくわえて登校するような、バカな奴だった。『不良』のなり方を勘違いした大和は、とにかく自分の力を誇示するため、三上（みかみ）というおとなしい奴をいじめた。周りから『バカな奴』と見られているのもわからずに、大和はどんどんエスカレートしていった。

ある日、昼食を摂っていると、大和は三上の頭に牛乳をぶっかけた。それを目撃したドテチンは、何も言わずに席を立ち、大和の頭に牛乳をぶっかけ、「目、覚めたか？この大馬鹿者が」と微笑んだ。殴りかかってきた大和と格闘になったのは言うまでもない。しかし、素手では勝てないと思った大和は、ロッカーからモップを手にし、ドテチンの頭目がけて振り下ろした。淳太郎はすぐ立ち上がり、真剣白刃取りのようにモップをキャッチし、大和の腹に蹴りを入れた。大和は、その場にうずくまった。涙目になった大和の顔を、クラス全員が目にした。大和は、「覚えてろよ！」と捨て台詞を吐いたが、それ以降、おとなしくなった。

——懐かしいな。

思い出し、ふっと笑った。

——ドテチン、今ここにお前がいたら、きっと俺、腹の底から笑ってるよ。

ドテチンの笑顔を思い出した。何重にも重ねられた黒いフィルムが、薄く一枚だけ剝がされたような気がした。

淳太郎は、下校時間になるのを待った。楽しみだった。早く時が過ぎろと祈った。大丈夫だ。自分には親友がいる。ドテチンという、親友が。小学校四年生の頃からの親友だ。もう、七年来の大親友だ。遠く離れていても、淳太郎達の友情は色褪せる事はない。深まってゆく一方だ。

ドテチンが名古屋に行く前夜、二人であの川辺に行った。ドテチンはいつもより多く、二缶ビールを飲んだ。

「にがくねぇ？　俺、どうもビールは苦手」

そう言った淳太郎に、ドテチンが言った。

「まだまだだね～。このうまさがわからないようじゃ、一人前とは言えないね～」

ドテチンが笑った。

「ちぇ～」

淳太郎は少し唇を尖らせて見せた。そんな淳太郎を、ドテチンが見つめた。

「なんだよ？　気持ち悪ぃな。俺に惚れたか？」

ドテチンは、あははと笑ったあと、川辺へと視線を移した。

「俺さ、お前とは一生ダチやってんだろうなぁって思って」

「だろうなぁ」

淳太郎も同意した。

「彼女とかできてさ、いずれ結婚してさ、そん時、友人代表でお前がスピーチしたりしてさ」

「そん時は、お前のあんな事やこんな事まで全部暴露してやるよ！」

「ははは」

ドテチンが笑った。

「んで、まぁ子供なんかもできたりしてな」

「俺らもいつかは、人の親になるんだもんなぁ～」

まだまだ先の未来を夢見つつ、淳太郎は夜空に輝く星を眺めた。

「まぁ、俺の子供のがかわいいだろうけどな」

「バカ、俺のが美形だっつの！」

淳太郎は言い返した。ドテチンがため息をついた。

「お前、鏡見たことあるか？」

ドテチンがイヒヒと笑いながら言った。

「その言葉、そっくりそのまま返してやるよ」

ドテチンに言った。

何倍にもなって憎まれ口がたたかれると思ったが、ドテチンは急に黙り込んだ。

「どした？　酔っ払ったか？」

淳太郎は、黙りこくったドテチンに聞いた。ドテチンは、返答の代わりに首を横に振るだけだった。

「なんだよ？　どうしたんだよ？」

「……俺、やってけるかな」

ドテチンが呟いた。

「ん？」

「名古屋で」

小さな声だった。

この時初めて、淳太郎は『転校生』となる不安をドテチンが抱いている事を知った。意外だった。『名古屋で超かわいい子GETするからな！』なんて言って笑っていたのに。でも、やはり不安だろう。見ず知らずの土地に行くのだ。知らない人間達と、また一からコミュニケーションを重ね、友を作らなければいけないのだ。不安に決まっている。自分がドテチンの立場でも不安だ。なんで、もっとドテチンの立場に立ち、ドテチンの不安を感じ取ってやれなかったのかと悔やんだ。

――『大丈夫か？』『お前なら平気だよ』……。

そんな、慰めでしかない言葉を発するのは、違うと思った。

今、ドテチンが抱いている不安を自分も同様に抱けているわけではない。軽々しい慰めなど、淳太郎には言えなかった。それは、ドテチンに失礼だと思ったからだ。

「やってけるに決まってるだろ！　やってけなかったら俺に言えよ！　すぐ飛んで行ってやるよ！　セレンとな！」

わざと冗談をかました。

「な、な、なんでセレンなんだよ！」

「さぁ～？」

意味ありげに笑う淳太郎を、ドテチンが睨んだ。

やっぱり、耳まで真っ赤だった。

「一生ダチでいような」

小さく小さく、ドテチンが呟いた。

「おう」

淳太郎も、小さく小さく呟いた。

夜空が、綺麗だった。

――アイツがいる限り、俺は何があっても大丈夫だ。

ドテチンの顔を思い浮かべる。わざと変な顔をし、皆に見せては笑いを取っていた。

その時のドテチンの顔が、浮かんだ。淳太郎は、プッと噴き出した。

下校時間になり、鞄を持つ。下駄箱に向かうと、金森と国府田が淳太郎を待ちわびていた。

「さっきは……ごめん」

金森が言った。

「元木達と一緒に帰らないのか?」

ローファーに履き替えながら、淳太郎は金森に問うた。金森は「……うん」と言ったあと、「話があるんだ」と言った。

「話?」

「うん」

金森はまだ淳太郎の顔を見ない。でも、淳太郎は嬉しかった。金森達が、戻ってきてくれた。自分との友情を取ってくれた。淳太郎は一回大きなため息をつくと、笑顔で聞いた。

「なんだよ?」

「ここじゃ、なんだから……」

「え?」

「こっち来てくれよ」

金森が淳太郎の腕を引っ張る。クラスメイトが、淳太郎達を見ている。

——なるほど。ここじゃな……。

「わかった」

ローファーを履き終えた淳太郎は、金森の後について行った。

「でも、マジでちょっと凹んだんだぜ～?　お前ら俺避けるんだもん!　金森なんて、触んなよって言ったからなぁ～」

　はははっと笑いながら、淳太郎は言った。そんな淳太郎に、金森は再び「ごめん」と謝罪した。

「いいよ」

　淳太郎は笑顔で返した。


――やめて！　お願い！　もう消えて！

　生きているのか、死んでいるのか、淳太郎にもわからなかった。しかし、走馬灯は流れ続ける。さっきから、どれだけやめて！　とお願いしているだろう。やはり神なんて存在しない。苦しみから逃れたくてこんな事をしているのに、いつまで経っても逃がしてくれないとは。

――神なんているもんか！　いてたまるものか！

　淳太郎の頬を、二粒目の涙が流れた。走馬灯は、まだまだ続く。

　金森・国府田に連れて来られた場所は、体育館だった。今日は部活動休止のため、ガランとしている。

「なんだよ？」

淳太郎は真剣な顔をしている二人に問うた。二人は、体育館倉庫に向かい歩き出した。

「おい、ここでいいだろ?」

そう言う淳太郎の手を引っ張る二人。国府田が体育館倉庫の扉を開ける。金森が体育館倉庫内へと、淳太郎を招く。

——?.?.?

招かれるまま、体育館倉庫に入った淳太郎は、息を呑んだ。

元木・山本・戸田が、待ちくたびれた顔をし、待機していた。

「はぁ~い、大変よくできました!」

跳び箱に乗っていた元木が、ピョンッと飛び降り地面に着地した。慌てて扉に向かう。しかし、扉の前に国府田が立ちはだかり出口をふさいでいた。

「おい!」

国府田の胸倉を摑んだ。その手を、元木が制した。

「僕達の大事なお友達に、何やってんの?」

山本が淳太郎を羽交い絞めにした。

「お前ら、帰っていいよ。ご苦労さん」

戸田が、金森・国府田に言った。二人は、ペコリと頭を下げ、体育館倉庫の扉を開けた。もう、完全に三人の僕だ。

「おい！　金森！　国府田！」

二人の名を叫ぶ。しかし、金森・国府田はやはり振り返らずに体育館倉庫を出て行った。そして、扉を閉めた。

閉めきられた体育館倉庫は、小窓からの光のみで、薄暗くなった。置かれたマットや跳び箱からする湿気た臭い。石灰の臭い。そこは、もはや地獄だった。

友の裏切り。

二回目の。

絶対的な。

淳太郎は熱くなる目頭を押さえた。二人を信じたぶん、ショックはでかかった。

――泣くものか。こんな奴らの前で泣くものか。

そんな淳太郎の顔を、戸田が覗いた。

「コイツ、涙目になってる～」

「うっそ！　マジで？」

山本が淳太郎の髪を引っ張り、顔を上げさせた。

「マジだ。情けねぇ～」

笑い声。悪魔の笑い声。

「まぁまぁ、いじめない、いじめない」

元木はそう言うと、鞄の中からガムテープを取り出した。ガムテープをビビビッと引っ張り、淳太郎に近づく。

「何する気だよ！　ふざけんな！　お前らマジで頭おかしいんじゃねぇか！」

ドスッ。

淳太郎の腹に衝撃が走った。戸田が、淳太郎の腹を蹴ったのだ。

「誰に向かって口利いてんだよ？」

言い返そうとする淳太郎。しかし、蹴られた衝撃で声が出ない。それをいい事に、元木は淳太郎の口にガムテープを貼りつけた。

「ふがっ……」

淳太郎は必死に叫ぼうとするが、声にならない。暴れて抵抗する淳太郎の手足を、ガムテープで縛る元木。淳太郎は、もはや目でしか三人に抵抗できなくなった。睨みつける淳太郎に、元木が唾を吐きかけた。

「粋がってんじゃねぇよ！」

――粋がっている？　どっちがだ！

淳太郎は、さらに元木を睨みつけた。そんな淳太郎を見下ろし、元木は勝ち誇った笑みを浮かべた。恐ろしく冷淡な。恐ろしく冷酷な。

「やる？」

　山本が言った。

「やるべ」

　戸田が言った。

「お前ら、やりたい？」

　元木が二人に聞いた。

「やりてぇよ！　なんかコイツ見てるとイライラする！　俺は絶対間違ってないって顔してさ」

「じゃ、やっていいよ」

　元木が両手を上げ、口笛を吹き、合図を出した。

「うっひょ～い♪」

　元木の合図に、山本が雄叫びをあげた。そして、思いっきり淳太郎の身体を地面に叩きつけた。両手足を後ろで縛られている淳太郎は、思いっきり顔面を打った。昨日できた痣にぶつかり、激痛が走った。しかし、淳太郎はわかっていた。こんな痛みは、激痛の中に入らないのだと。激痛というのは、これから襲ってくる痛みなのだと。

　未来は霧の中だとか言う。だけど、淳太郎には近い未来が見えた。これから、俺は、いたぶられもてあそばれるのだと。それは、確実に。

山本が淳太郎の右手を思いっきり踏みつけた。地面に擦られる。掌からの痛み。しかし、今度は腹から激痛が走った。戸田が腹の上に乗って、ピョンピョンと飛び跳ねているのだ。戸田の両足が腹に着地するたび、変な咳が漏れる。息が吸えない。目を見開く。

——これほどの苦しみがあったのか……。

そんな考えが淳太郎の頭をよぎった。しかし、戸田を元木が制した。

「死なない程度にやれ。あと、顔はやめろ。バレたら面倒くさい。また親父達に頼まなきゃならねぇからな」

——また？　コイツらは、いつもこんな事してたのか。そして、それが許されているのか……。

淳太郎は、初めてこの三人に恐怖を抱いた。そして、それが許されているこの世の現実にも。

この三人の身体は、『悪』という細胞でできている。この三人には、『良心』などというものは存在しない。ただ、『悪』だけだ。爪先から髪の一本一本まで『悪』に染められている。

淳太郎は、この先の高校生活が、全て地獄である事を察した。もう、コイツらから逃げる事はできないだろう。自分は、地雷を踏んでしまった。踏んだら最後。あとは戦慄の渦に呑み込まれるだけだ。爆発しない限り。死なない限り。

この日、淳太郎はこれでもか、というほどに殴られ続けた。マットに包まれ、携帯で写真まで撮られたりした。淳太郎のプライドは、ずたずたに切り裂かれた。淳太郎の目からは、涙が溢れていた。恐怖から。憎しみから。情けなさから。いじめを受けた人間が情けないというわけではない。この全ての状況が情けなかったのだ。勝てない自分も。この三人の行いも。この先、待ち受けているであろう、淳太郎の地獄の高校生活も。

ガムテープを剝がされ、やっと拘束から解放された淳太郎は、もう立つ力も残っていなかった。そんな淳太郎を見て、戸田が呟いた。

「死なねぇよな？」

山本が元木を見た。元木は平然とした口調で言った。

「この程度じゃ死なない。でも、痛めつけるのは当分待ったほうがいいかもな。違う方法考えよう。もっと、刺激的でスリリングなね」

そう言うと、元木は鞄を持ち体育館倉庫を出て行った。元木に従い、あとの二人も体育館倉庫を出て行った。扉が閉められた。体育館倉庫内は、暗闇に閉ざされていた。

――今、何時だ？

淳太郎は小窓へと視線を移した。光は、もう入ってこない。

——夜か……。

暗闇に包まれ、そう判断した。

なんとか身体を動かせたのは、真夜中に近かった。淳太郎は激痛の走る身体をゆっくりと動かし、やっとの思いで帰路に就いた。そんな淳太郎を玄関前で待ち受けていたのは、淳一郎だった。

「どうした？」

淳一郎が問うた。

「別に」

淳太郎は短い返事を口にした。

「誰とやった？」

淳一郎の声は静かだった。だけど、怒りが混じっている。それは、表情から察することができる。

「誰と喧嘩した？」

淳一郎が再び問うた。

「喧嘩？」

聞き返す淳太郎に、淳一郎が言った。

「夜、岡田（おかだ）先生がいらした。お前が俺に殴られたと言っていたが、どうしたんですか？

となＪ

「…………」

淳太郎は何も言えなかった。若はげが家にまで来るとは、予想外だった。

——学校に迷惑をかけなければいいいんじゃないのか？

淳太郎にはわかっていた。若はげは、淳太郎を心配して来たのではないと。朝、淳太郎が感じたように、好奇心に駆られて来たのだと。事情が複雑なら複雑なほど、若はげにとっては好都合なのだと。アイツらと同じように。

若はげは、面白がっている。『大変ですね』、例えばそう口にしたとしても、本音は違う。本音は『面白い』、その一言だろう。若はげは、楽しんでいる。そして、これでストレスを発散している。確実に。

——どんだけ腐りきってるんだよ！

苛立ちでも憎しみでも悲しみでもない。かつて抱いたことのない、絶望などという言葉では表現できない苦しみが、淳太郎を襲った。

「とりあえず中入れ」

淳一郎が淳太郎の腕を掴んだ。

「痛っ」

身体中が痛いのだ。軽く掴まれただけで、激痛が走る。そんな淳太郎を見て、淳一郎がため息をついた。

「俺がお前を殴った事があるか？」

淳一郎が静かに言った。淳太郎は答えなかった。淳一郎に殴られた事など、記憶している限りでは一度もなかった。怒鳴る事はあっても、殴る事はしない父親だった。また、淳太郎も一度叱られれば理解し、同じ過ちは繰り返さなかった。

「お前がそんな嘘をつくとは思わなかったよ。とにかく入れ」

淳一郎は玄関のドアを開け、淳太郎に中に入るようにと促した。淳太郎は黙って従った。そして、促されるままリビングに直行した。淳太郎の姿を見て、妙子が息を呑んだ。

「で？　誰と喧嘩した？」

腕を組み、淳太郎を見据える。一番大好きな、一番大事な家族が、今、淳太郎に呆れ果てた視線を向けている。それは淳太郎にとって、いじめを受けるよりも苦しく辛いことだった。

「あなた、その前に病院へ連れてってって」

妙子が淳一郎に言った。しかし、淳一郎は続けた。

「誰とだ？」

淳太郎は、溢れ出る涙を止める事ができなかった。たしかに、喧嘩したようにしか見えないだろう。だけど、淳一郎には決めつけて欲しくなかったのだ。若はげのように、喧嘩だと決めつけて欲しくなかったのだ。

淳太郎は黙っていた。そんな淳太郎に淳一郎は怒声を発した。

「誰だ！」

淳太郎はやっとの思いで声を出した。

「同じ……クラスの……奴ら」

『コレは喧嘩じゃない。いじめだ』そう言おうとした。だけど、言えなかった。淳一郎に弱い自分を見せたくなかった。妙子に心配をかけたくなかった。いや、これ以上問題が複雑になるのを避けたかった。

そして、何より、いつも自分に可能性と期待を抱いてくれる温かい両親を、ガッカリさせたくはなかった。

それに、事実を知れば、両親は黙ってはいない。必ず学校へ出向く。しかし、それでどうなるというのだ？　若はげはとことん問題から逃げるだろう。そして、いじめはエスカレートしていくだろう。淳太郎は、ただいじめられっ子のレッテルを貼られるだけだ。より一層惨めになっていくだけだ。そんなのは、耐えられない。

淳太郎の返答を聞き、淳一郎が言った。

「名前は？」

「え？」

「喧嘩した子の名前だよ！」

「どうして？」

淳太郎は問うた。淳一郎は即答した。

「明日、謝りに行くんだよ！　お前も殴ったんだろ！」

「やめてよ」

淳太郎は哀願するように言った。

「俺は殴ってない。本当だよ。だから、やめてよ」

「殴ってない？」

「そうだよ。一発も殴ってないよ」

「じゃあ、相手が無抵抗なお前をひたすら殴ったというのか？　それじゃいじめじゃないか！」

「いじめじゃないよ！　でも、殴ってないんだ。本当だよ父さん。信じてよ」

「また、嘘じゃないだろうな？」

淳一郎がまっすぐに淳太郎を見据えた。淳太郎は一回浅く頷いた。それを見た淳一郎は、再び、今度は大きなため息をついた。

「傷、見せてみろ」

「え？」

「病院行かなきゃならんかもしれんだろ。傷、見せてみろ」

淳太郎は、言われるまま上着を捲った。青痣だらけだった。

「なんだこりゃ……」

淳一郎は淳太郎の身体を見て、しばし放心状態になった。

「本当にいじめじゃないのか？」

「いじめじゃない」

淳太郎は答えた。だけど、いじめだと言えばよかった。そう思った。淳一郎の声には、ただ淳太郎を心配する愛情だけが込められていたからだ。

「母さん、この時間でもやってる病院あるか？」

淳一郎が壁にかけられた時計を見ながら言った。時刻は、もう午前0時を回っていた。

「ちょっと待ってくださいね。たしか、元木病院なら……」

妙子が急いで電話帳を開いた。

――元木？

「病院なんて必要ないよ！」

淳太郎はあわてて言った。国府田が言っていた言葉を思い出したのだ。

――『両親達も有名な政治家とか医者とか……』

元木病院とは、元木の父親の病院だろう。淳太郎はすぐに察した。そんなところに運ばれてたまるか。

「必要ないって……。内臓に損傷があったらどうするの？」

妙子が言った。

「大丈夫。そんなに強く殴られてない。本当」

「ダメだ。行くぞ！」

淳一郎が淳太郎の腕を摑んだ。激痛が走ったが、今度は口にしなかった。

「本当に大丈夫。もう眠いんだ。お願いだから寝かせて。明日、遅刻しちゃうよ」

淳太郎は淳一郎の手を振り払い、笑ってみせた。両親の心配そうな視線が向けられている。

「おやすみ！」

淳太郎は急いで二階に上がった。そして、鍵をかけた。すぐに妙子が二階に駆け上がってきた。

「淳太郎！　せめて湿布しなさい！　だいぶラクになるから！　それと消毒！　ばい菌が入ったらどうするの！」

ドアノブが回される。

「大丈夫！　おやすみ！」

淳太郎はドアの向こうへ言った。しばらく妙子がドアの前で躊躇しているのがわかったが、やがて階段を降りていく音が聴こえた。淳太郎は安堵のため息を漏らし、ベッドの中へ入った。

強がったが、全身は激しい痛みに襲われていた。この日、淳太郎はほぼ眠れなかった。痛みに耐え続け、朝を迎えた。

目覚ましが鳴り、すぐに止めた。カーテンを開き、窓の外を見る。スズメだろうか？小鳥がちゅんちゅんという鳴き声を発し、東のほうに飛んでいった。下を見ると、隣人の佐藤(さとう)さんがゴミ出しをしていた。

――朝って、こんなに暗いものだったっけ？

淳太郎は朝日を浴びながら、そう思っていた。どの風景も、どの光も、暗いのだ。制服に視線を移した。暗さは、さらに増した。

「淳太郎～？　朝よ～？」

ドアがノックされた。淳太郎は浅く息を吸い込み、吐き出した。

「わかってる～。今着替えるよ」

努めて明るく、そう言った。鏡の中に映る自分。目が死んでいる。淳太郎はわざと笑ってみた。鏡の中に、笑みを浮かべる自分が映った。涙を流し、小刻みに震えながら笑みを浮かべる自分が……。

――休もうか……。

そう思った。だけど、すぐダメだと思った。それでは、両親に心配をかけてしまう。いじめじゃないと自分から言っておきながら、いじめだと肯定するようなものだ。行かなくては。

ハンガーから制服を取り、ズボンを穿く。クローゼットから新しいワイシャツを取り出し、袖を通した。柔軟剤の匂い。妙子の匂い。

昨日の両親の、心配そうな顔が浮かんだ。淳太郎の瞳から、涙が零れ、フローリングの床に落ちた。

――頑張れよ、俺。あんな奴らに負けんなよ。

言い聞かせた。だが、涙は溢れるばかりだった。

辛かった。哀しかった。苦しくて仕方なかった。

だけど、何よりも人の心を持っていないあの三人に、自分の生活を壊されるのが悔しくて仕方なかった。

淳一郎に、妙子に、愛すべき者に、嘘偽りを述べなくてはならない生活。嘘ばかりで埋められているこの現実が、何よりも淳太郎を苦しめていた。一つの嘘が二つに。二つの嘘が三つに。

そうして嘘だけで固まった今に、どう対応していいのか、淳太郎自身にもわからなかった。だが、負けてはならない。自分に負けてはならない……、それだけの思いが、残酷すぎる現実の中、淳太郎を動かしていた。

ワイシャツのボタンを留め、ブレザーを羽織った。一階に降り、洗面所へ向かう。手ぐしでざっと髪を整え、リビングに向かった。見た目なんてどうでもよかった。普段は念入りにセットするが、そんな気さえ起きない。オシャレなどする気にはなれなかった。

「おっはよ～」

リビングに入るなり、両親に向かい、淳太郎はピースサインをしてみせた。

「傷、痛まない？」

妙子が心配そうに聞いた。

「大丈夫、大丈夫、全然痛くない」

そう言うと、淳太郎はトーストを口にくわえ、リビングを出た。

「どうした？　もう行くのか？」

淳一郎が問うた。

「うん。今日、ダチとHR前にゲームすんだ！」

嘘。

しかし、淳太郎はこれでいいと思った。優しい嘘もある。

玄関に向かい、ローファーを履いていると、淳一郎が牛乳を右手に寄って来た。

「これだけでも飲んでけ。成長期なんだから、栄養摂らにゃあ」

「サンキュ」

淳太郎はグラスを受け取り、牛乳をイッキ飲みした。本当は飲みたくなかった。トーストも、公園でゴミ箱に捨てようと思っていたのだ。だけど、飲まないわけにはいかない。胃の中に、冷たい液体が流れ込んでくるのがわかる。うっと、吐き出しそうになったが、我慢し飲み込んだ。

牛乳を飲む淳太郎に、淳一郎が言った。

「キレイだろ」

「何が？」

「コレだよ」

淳一郎が花瓶に活けられた花を指差した。ピンクの花。それに、かすみ草。

「なんて花？」

「花の名前は父さんもわからないなぁ。帰ったら母さんに聞いてみろ」

淳一郎は、ちょっと恥ずかしそうに笑った。息子に問われた質問には、できる限り答えられる自分でいたい。なんでも知っている存在。なんでも答えられる存在。そうでありたいのかもしれない。それが、父親なのかもしれない。

「わかった。聞くよ」

淳太郎は花を見つめ言った。

「じゃ、行って来ます」

「おう。車に気をつけろよ」

「わかってるって」

元気よく答え、玄関を出た。そして、外に出るなりため息をついた。

このまま下校時間までどこかで時間を潰そうか？　そうも考えたが、そんな事をしたらまた若はげから連絡が来るだろう。もしかしたら、二日連続自宅にやって来るかもしれない。

――行くしかないか……。

淳太郎は大きなため息をつき、学校へと向かった。早めに向かえば、誰よりも早く学校に行ける。教室内にいれば安全だ。教室内では、アイツらは本性を隠しているんだから。そして、下校時間になれば誰よりも早く教室を出て、急いで下校すればいい。

七時前に学校に行き、教室に入った。当たり前だが、誰もいなかった。淳太郎は席に座り、目を閉じた。

扉が開かれる音で目が覚めた。女子生徒が登校して来ていた。もう、八時。知らぬ間に眠ってしまったようだ。

女子生徒は、たしか、優美(ゆみ)といっただろうか？　細身の体形で口元のほくろが印象的だ。真面目な性格で、このクラスの学級委員を任されている。

優美は、淳太郎の顔を見て下を向いた。淳太郎も下を向いた。ガタッと、椅子を引く音がした。そして、小さな声がした。

「おはよう」

淳太郎はびっくりした。だけど、たしかに聴こえた。

「お、おはよう」

優美に向かい、言った。優美は、頷いたように見えた。優美と口を利いたのは、この日が初めてだった。

じきに一人、二人と生徒が登校して来た。優美以外、誰も淳太郎に声をかける者はいなかったが、淳太郎は嬉しかった。優美の小さな、『おはよう』という声が、頭の中でなんべんもリピートされた。

その日、若はげに職員室に呼ばれた。「どうして嘘をついた?」そう詰問されたのだ。淳太郎は詫びの言葉を述べ、「本当は喧嘩したんです。どこかの大学生だと思います。相手は四人いました。俺は一人だったから、コテンパンにやられたんです。格好悪くて、本当の事が言えなかったんです。ごめんなさい」とまた嘘をついた。若はげは、四人、大学生という言葉を聞き、なんとか納得していた。「学校に迷惑をかけるなよ！」

そうも言った。淳太郎は「はい」と答え、職員室を出た。そして、その日、誰よりも
早く教室を出て、帰宅した。

　そんな日が、数日続いた。青痣も薄くなり、痛みも引いていた。

　――こうしていけばなんとかなるな。

　そう思っていた。

　そして、ドテチンに電話をした。

『おう！　久しぶり！』

　二コール目、電話越しにドテチンの声がした。淳太郎は、なぜか安堵した。きっと、
自分の味方の声を聴けたからだろう。あの学校には、淳太郎の味方はいないから。

「おう！　元気でやってっか？」

　久しぶりに明るい声が出た。作り物ではない、本物の声。受話器から、変わらない
ドテチンの声が響いた。

『おう！　あ、お前にまだ報告してなかったな』

　ドテチンの声は、いつも以上に明るかった。

「ん？」

『俺さ……へへへへ』

電話越しに、ドテチンが笑った。

「なんだよ。気味悪ぃなぁ～」

ドテチンに言う。いい事があったのだとすぐわかる。

「なんだよ?」

わくわくしながら問う。

『聞きたい?』

「あぁ。早く言えって。あ、でも、俺に告白とかはやめてね。そういう気ないから」

『バカか!』

淳太郎の言葉にドテチンが笑った。

「で? 何よ?」

ドテチンは、少し間をあけて言った。

『いや、実はさ、女ができたんだ!』

「マジで?」

声が裏返った。ドテチンは元気よく答えた。

『おう!』

「何? かわいいの?」

『激マブよ～!』

なるほど。どうりで声がデレデレしているはずだ。

「よかったじゃんか～！　なんて名前？　もしかしてセレン？」

淳太郎が言った。ドテチンが慌てた声を出した。

『バッカ！　お前、雅に会っても絶対その名前口にすんなよ！』

「雅っていうんだぁ～？」

からかうようにドテチンに言う。ドテチンは、『おう！』と誇らし気に答えた。

「かわいい名前じゃん」

『だろ？　実物見たら、お前、絶対惚れるよ！　俺とお前、趣味似てるからさ。夏休みにでも一緒にそっち行くからさ！　遊ぼうぜ！』

「うん。楽しみだ」

本当に楽しみだった。雅という子に会うのも、ドテチンに会えるのも。

ドテチンに電話してよかったと思った。心から、そう思った。

『お前は？　まだ女できねぇの？』

ドテチンが尋ねた。

「あぁ～……。俺は、嫌われてっからさ」

『女に？　何？　痴漢でもした？』

「バッカ。違うよ。お前と一緒にすんな」

『じゃあ、何?』

淳太郎は、少し小さな声で言った。

「皆……にさ」

『……え?』

沈黙が生まれた。

言わなきゃよかったと思った。せっかくドテチンが嬉しい報告をしてくれたんだ。ドテチンが喜んでいるのは、親友の自分も嬉しい。でも、ドテチンにだけは嘘はつけなかった。

しばしの沈黙のあと、ドテチンが言った。

『俺、そっち行こうか?』

「え?」

『だって、お前、嫌われるような奴じゃないじゃん。中学でも人気者だったじゃん。何か、あったんだろ?』

――ありがとう。

言葉より先に、そう思った。

『おい、行こうか?』

「いや、まだ大丈夫だ。ヤバくなったら電話するよ!」

『ホントに平気か？』

「おう！　全然！」

嘘じゃなかった。頑張れると思った。ドテチンの声を聴いて。ドテチンが変わってなくて。

電話越しに、『まだ～？』と言う女の子の声がした。彼女とデート中だったのだろう。悪い事をした。

「あ、じゃあ、また電話すっから！」

慌てて言う。

『マジで平気かよ？』

「おう」

『おい、何かあったら絶対言えよ？』

「おう！　お前もな！　避妊だけはちゃんとしろよ！」

再びからかう。ドテチンが笑う。

『ははっ！　バーカ！』

一息つき、言う。

「じゃ」

『うん、じゃ』

ドテチンが答える。

電話を切る。心が、温まった気がした。

――友達は、宝だな。

そう思った。

だけど、ダメだった。忘れもしない、五月八日、放課後……。


――神様！

淳太郎はそう叫んで、気づいた。

――そうか、神はいないんだ。俺はもう死んでるんだ。ここは、地獄だ。地獄とは、永遠にこの中で生き続ける事なんだ。なんべんも、なんべんも、リピートされて。

流れ続ける走馬灯を観ながら、そう思った。淳太郎の頬に、三粒目の涙が流れた。

ピッピピッピという医療器具の音は、もう聴こえなかった。聴こえるのは、走馬灯の中の声。観えるのも、走馬灯のみ。

――神様、地獄って、本当に、『地獄』なんですね……。

淳太郎は信じてもいない神に向かい、呟いた。

　五月八日、放課後……。

　いつものように真っ先に帰ろうとした淳太郎を、若はげが呼び止めた。

「白戸！　お前、今日一人で掃除してけ！　前も、その前もサボってるだろうが！」

「えっと、すみません。今日、用事が」

　淳太郎が言った。そんな淳太郎の言葉に、若はげが怒声を発した。

「ふざけんなっ！　残れ！　終わったら職員室来い！　お前が来るまで待ってるからな！」

「でも、どうしても外せない用事があるんです」

　訴えるように、若はげに言った。

「どんな！　親でも死んだか⁉」

　若はげが言った。やはり、怒声だった。

「いえ」

　淳太郎は俯いた。

「皆忙しいのは一緒なんだよ！　お前だけじゃない！　うぬぼれるな！」

　若はげの怒声は激しくなるばかりだった。

「絶対残れ！　終わったら職員室来い！　わかったか？　返事は！」

「……はい」

そう返答した瞬間、声がした。

「先生～。白戸君だけじゃかわいそうです。僕達も残りま～す」

その声に、淳太郎は吐き気を催した。元木の……声。

淳太郎は若はげを見た。若はげは元木達に笑みを浮かべていた。

「お前ら、友達思いだなぁ。じゃあ、よろしくな」

「俺っ！　一人で！」

――こんな奴らと一緒では、何をされるかわからない。もう嫌だ。

訴えるように言った淳太郎を、若はげが睨みつけた。

「お前、人の親切を無にするんじゃない！　そんなんだから、クラスで浮くんだ！

反省しろ！」

「でもっ！」

淳太郎の右腕を元木が摑んだ。

「遠慮すんなよ」

耳元で元木が囁く。

「じゃ、先生、頑張りま～す」

山本が箒を振りながら言った。

「あぁ。じゃ、よろしくな」

若はげが扉を閉めた。

若はげが遠のいたのを確認して、戸田が淳太郎の肩に手をかけた。

「白戸っ！　寂しかったよ〜。かまってくれなくて」

「今度は、何をする気だ？」

淳太郎は威嚇するように言った。

「何する気だって、掃除すんだろ？　変な事言うなよ〜」

山本がリノリウムの床を掃きながら言った。

「ほら、お前も掃除しろよ」

元木が淳太郎に塵取りを手渡した。三人は、何も言わずに掃除を始めた。

「俺らさぁ〜、反省してんだよ？　ちょっと痛い事しちゃったかな〜？って。俺らはさ、ちょ〜っとおふざけしただけなんだけどね？」

――何がちょっとだ！　何がおふざけだ！

淳太郎は三人を睨みつけた。三人は淳太郎の視線を無視し、掃除を進めた。

「ほら、お前もやれって！　若はげにチクるぞ！」

元木が言う。微笑を浮かべている。

――コイツらなりの謝罪か？

淳太郎は警戒しながら、集められた塵を塵取りで取った。

ゴツンッ！

頭に衝撃が走った。目の前がクラクラする。山本が、箒を掲げていた。

ゴツンッ！

二回目の衝撃。フラフラする。目の前の景色が一周回った。

淳太郎は床に倒れた。そんな淳太郎の身体を、元木と戸田が立たせた。

「お、上手い上手い。血出てないわ」

元木が淳太郎の頭を確認しながら言った。

「任せてよ♪」

山本が自慢げに言った。

「さ、行こうか白戸くん。パラダイスにさ」

元木が耳元で囁いた。必死に抵抗しようとしたが、目の前がチカチカし、足元もおぼつかない淳太郎は、抵抗すらできなかった。

教室を出る。元木と戸田が、淳太郎の腕に手をかけ支えている。歩かされる。

「おい、どうした？」

美術教師の齋藤が声をかけた。

「なんか、コイツ貧血みたいで。保健室連れて行きま～す」

戸田が言った。山本がクスクス笑っていた。

「大丈夫かぁ～？」

齋藤が淳太郎の顔を触った。

――助けて！　殺される！

叫びたかったが、声が出なかった。

「顔色悪いなぁ。無理なダイエットでもしたか？　最近は野郎までもダイエットとかしてるらしいからなぁ。そう言えば白戸は最近痩せたかぁ？　ま、窪田(くぼた)先生に診てもらえ！」

齋藤が元木達に向かい言った。

「は～い」

淳太郎の代わりに、元木が返答した。淳太郎は絶望し、この状況から逃れられないと感じとった。助けを求めることもできない現実に心が死に、張り詰めた精神力が途ぎれ、意識をなくした。

気がついた時は、全身水浸しだった。

「おっはよ～ん」

戸田が淳太郎の顔を揺さぶりながら言った。この臭い。見なくてもわかる。

体育館倉庫。

「何する気だよ?」

淳太郎は三人の目を見ずに言った。手足は、もうガムテープで縛られていた。

「ん?　写真撮影!」

「は?」

「自分の姿見てみろよ」

元木に言われ、確認する。

――――!!!

真っ裸の自分。産まれたての赤ん坊のように、何も着ていない。

「ぎゃぁぁぁああ!!!」

淳太郎は発狂した。

「誰か!　誰か!　誰かぁぁあああああ!」

淳太郎は小窓に向かい、思いっきり叫んだ。誰かが気づいてくれる事を祈って。

「うっるせぇなぁ〜!」

淳太郎の声を聴き、元木が淳太郎を蹴り上げた。

「黙らせろ!」

元木が指示を出す。

「はいはい」

山本がガムテープを口に貼る。

「むぐぐぐ……」

それでも叫ぼうと、淳太郎は声を出した。しかし、声にならない。元木が、淳太郎の隣にしゃがんだ。淳太郎の顔を覗き込む。

「痛いのは嫌でしょう～？　だから、痛くないお遊びしましょ～ね」

赤ん坊に言い聞かせるように、元木が言った。戸田が携帯を取り、淳太郎の露な姿を写真に残した。

「すっげ～。バカみてぇ～！　エッグいわ～！」

ディスプレイに映し出された写真を確認し、戸田が大爆笑した。

「携帯じゃダメダメ。画質が悪い。これでなきゃね」

山本が鞄の中からデジカメを取り出した。

パチリ。

シャッター音が響く。

「うお！　マジでエグいわ」

ぎゃはははっと笑いながら、山本が言った。

「見せて見せて」

戸田がデジカメを覗く。

「うわ、マジですげぇ〜」

戸田が爆笑する。

「これ、学校の裏サイトで流すわ」

腹を抱えて笑いながら、山本が言った。

「マジで？　そんなもんあるの？」

笑いすぎで涙目になりながら、戸田が言う。

「おう。今日のために、昨日徹夜で作ったんだよねぇ〜。感謝してよ、白戸ぴょん」

そう言いながら、山本も、笑いすぎで涙目になっている。

パチリ。

パチリ。

パチリ。

シャッター音。

シャッター音がこんなに怖いものだとは思わなかった。

「涙足んない？」

戸田が言う。

「いや、十分足りてる」

元木が淳太郎の顔を覗き込み、言った。恥ずかしさから、憎しみから、悲しみから、辛さから、目からは涙が溢れていた。
――ゆるさない！！！
その五文字だけが、頭の中を駆け巡っていた。
パチリ。
パチリ。
パチリ。
パチリ。
それでもシャッター音は続く。
笑い声は続く。
何もできない自分。
声も出せない自分。
抵抗すらできない自分。
こんなに涙が出るものだとは知らなかった。
「さ、じゃあ行こうかね」
山本が腰を上げた。
「あ、ちょっと待て。あと始末」
「何？」

「コレ」

元木が淳太郎の制服を手にした。

「何すんの？」

戸田が尋ねる。

「こうすんの」

元木は鞄の中からオイルを取り出すと、淳太郎の制服にかけた。そして、ジッポーで火をつけた。

淳太郎の制服が、燃えていく。下着も共に、燃えていく。

もう、地獄絵図。

「もういっかな」

火の上がった制服を踏みつけ、元木が火を消した。煙だけがもくもくと立ち込めていた。

「くっせ～」

山本が咳をする。

「出よう」

「あぁ」

元木がガムテープを剝がしてゆく。もう、声も出なかった。

「じゃあね〜ん」

笑み。

笑み。

笑み。

体育館倉庫の扉が開かれる。光が差す。三人が出て行く。

「何やってる〜？」

――――！

若はげの声。

――――助かった！

そう思った。

「なんでもないです〜」

山本が慌てた口調で言った。

「なんだ？　この臭い」

「なんでもないです」

戸田が言った。焦って声が裏返っている。元木が、慌てて扉を閉める。その瞬間、中を覗き込んだ若はげと目が合った。若はげが一瞬目を見開いた。

「先生！」

若はげの名を呼ぶ。

しかし、若はげは助けに来なかった。若はげは、まるで何も見なかったかのように、淳太郎から目を逸らした。

扉は、閉められた。

「先生っ！」

淳太郎は叫んだ。しかし、それでも若はげは来なかった。声は届いたのか？　届かなかったのか？　そんな事、もうどうでもよかった。若はげは、見捨てたのだ。淳太郎を。一人の生徒を。

もう、口なんて利けなくていいと思った。

声なんて出したくない。

もう、目なんて見えなくていいと思った。

アイツらを見たくない。

もう、耳なんて聞こえなくていいと思った。

静寂の中で暮らしたい。

淳太郎は体育館倉庫内で、夜を待った。校内に誰もいなくなるのを待った。体育館倉庫内で身につけられるものを探したが、バスケットボールやラグビーボール、マットや跳び箱……。身につけられるものは何もなかった。

体育館倉庫は暗闇に包まれた。夜を迎えたのは、間違いないだろう。

――もう、誰もいないよな？

小窓から校庭を覗く。誰もいない。静寂。

淳太郎は体育館倉庫の扉を開けた。扉を開ける音が、体育館に反響した。大丈夫。誰もいない。

淳太郎は猛ダッシュした。校内への入り口はもう閉鎖されていた。慌てる。

――仕方ない。

石を探し、手にする。花壇を跨ぎ、一階の窓を割った。ガシャンッという音が、校庭に響き渡った。急いで鍵を開け、窓を開く。校内に飛び込み、あたりを見回す。誰もいない。誰も来ない。確認し、再び猛ダッシュで階段を上った。一階、二階、三階……。A組の扉を開き、ロッカーへ向かう。しかし、あるはずのジャージがない。ごそっという、紙の感触がした。手に取り、見る。

【一人駆けっこ一等賞〜！】

そう書かれた紙。

元木達は、淳太郎がどうするかを予測し、周到に準備したうえであの行為をしたのだ。体育館倉庫。ゼッケンくらいは置いてあったはずだろう。

しかし、いくら探しても見つからなかった。

アイツらが事前に隠したに決まっている。

憎しみが湧き出る。三人の顔は、思い出そうとしなくても浮かんだ。激しい憎しみ。人は、こんなにも憎しみを持てるのか……。そう思うほどに。

淳太郎に残された道は、他の奴のジャージを着る事しかなかった。これで、泥棒となるのだろう。これで、クラス中から泥棒という目で見られるのだろう。また一つ、淳太郎の高校生活における苦しみが増えるのだ。

それでも、元木達の思いどおりでも、淳太郎に残された道は一つしかなかった。

隣のロッカーからジャージを手にし、急いで着る。ズボンを穿き、上着をはおる。そして、淳太郎は座り込んだ。

深いため息が漏れた。喪失感。なんの喪失感だろう？　わからない。もう、わからない。何もかも。生きる事も、学校という存在も、人間という生き物も、心も、悪意も、良心も、友も、自分も……。

淳太郎は何気なく黒板を見た。黒板には大きな字で、【白戸淳太郎はジャージ泥棒！】と書かれていた。黒板の字を消す気力さえ残っていなかった。

淳太郎はゆっくり起き上がった。そして、静かに教室を出た。

「バイバイ」

小さく、そう呟いた。

もう、淳太郎には、この地獄生活と戦う精神力も体力も残っていなかった。

ただ、心残りなこと。それは、両親を哀しませること。だけど、どうしていいのかわからなかった。

明日には、自分の全裸写真の話で学校は持ちきりだろう。中には、面白がって待ち受けにする奴もいるかもしれない。

いじめが怖いのは、いじめられている人間の恐怖などおかまいなしに、いじめている奴に便乗し、いじめというこの世で一番と言っても過言ではないほどの悪を、面白いと感じ、悪気もなく楽しむ奴らが大勢いるということだ。

淳太郎には、もう、戦う意欲など残ってはいなかった。


家に帰り、ポソリと呟いた「ただいま」。

それに返事をしたのは、母親でも父親でもなかった。

「なぁ〜に、しけた面してんだよ！」

夢かと思った。現実ではなく、夢かと。まだ自分はあの暗い体育館倉庫の中で、もっとも会いたい人物の夢を見ているのかと。

「ドテチン……？」

夢ではないよう、幻想ではないよう祈りながら、淳太郎は呟いた。

「あははは！　作戦成功！　鳩が豆鉄砲だ！」

ドテチンがゲラゲラ笑った。いるはずのないドテチンの姿が、そこにはあった。

「なんで？」

「ん？」

「なんでここにいるの？」

今にも涙が出そうなのをグッと堪え、淳太郎は問うた。

「会いたかったからに決まってんじゃん」

ドテチンがイヒヒと笑った。特徴のある、イヒヒと笑う癖。間違いなく、ドテチンだった。夢なんかじゃない。

「どうして？」

「お前、この間変なこと言ってたからさ。気になってね」

「変なこと？」

「あ〜……、ホラ、なんか、皆に嫌われてるとかなんとかさぁ」

言いにくそうに、ドテチンは頭を掻きながら言った。

「それでわざわざ来てくれたの？」

「お前、バカだなぁ〜。親友が凹んでたら、駆けつけるっしょ？」

「ドテチン……」

堪えていた涙が零れ落ちそうだったので、淳太郎は俯き靴を脱ぐフリをして、気づかれないように涙を拭いた。

「ずっと待っててくれたの？　どこで何してたの？」

「おう！　お前、帰り遅ぇよ！」

その純粋な問いに、淳太郎は一瞬言葉を呑んだが、すぐに笑顔で答えた。

「ダチのところでゲームやってた！　まさかお前が来てくれてるなんて思ってなかったからさぁ～。来るなら連絡くれよなぁ～！」

本当は、心が破壊され修復不可能だったが、ドテチンの前でだけは、本物の笑顔と呼んでも嘘ではない気がしていた。

「って、お前、皆に嫌われてるとか言ってなかった？　俺、マジで心配したんだけど！もう大丈夫になったのか？」

ドテチンが心配そうに言った。淳太郎は、小さく笑った。

「悪い悪い。ちょっとしたジョークよ！　この俺が嫌われるわけないじゃん！　お前がデレデレ彼女の自慢話なんかするもんだから、悪ふざけしただけ～」

「ああん？　お前なぁ～！　いい加減にしろよ～！　俺はなぁ～、マジで心配して、お前になんかあったのかと思ってなぁ～！」

「ごぉ～めんて！　悪ふざけしすぎた！　マジ、ごめん」

淳太郎は、あは！　と笑って見せた。

「ホントだよ！」

そう言うと、ドテチンは淳太郎に軽くパンチを喰らわせた。

「ってか、今日彼女は？　見たかったのに。雅ちゃん」

「お前が凹んでるんだと思って、今日は置いてきたの！　こんな事なら連れてくればよかったわ！」

「相変わらずラブラブなわけ？」

「まぁね～！　羨ましいだろ？」

ドテチンがイヒヒと笑った。

「でも、元気そうでよかった。マジで！　心配して損したわ」

「うん……。サンキュ」

淳太郎は俯きながら微笑を浮かべ、言った。

「なぁ、淳太郎」

「ん？」

「お前、本当に元気？」

ドテチンの顔から笑みが消え、その代わりに心配そうな表情が浮かんだ。

「なんでよ？」

「いや、なんか、わかんねぇんだけど、なぁ～んかいつもと違うから」

「ははは っ！　どこがよ？」

「わかんねぇけど」

ドテチンの顔が、どんどん心配そうに変わっていく。

「はぁ～」

淳太郎は、わざとらしくため息をついて見せた。

「なんだよ？　やっぱ、なんかあんのか？」

ドテチンが、過剰に反応した。

「雅ちゃんにお前を取られて、ちょっぴしナーバスなの。僕ちん」

「は？」

ドテチンが、意味不明という顔をした。

「だって、俺、お前のこと愛してるから」

淳太郎はウィンクをしながらドテチンに言った。

「……うっわ～。マジでキモいわ」

眉間にシワを寄せ、苦虫を噛みつぶしたかのような顔をしているドテチンを見て、淳太郎は爆笑した。

「嘘に決まってんだろ」

その言葉に、淳太郎の笑い声に、ドテチンも大笑いした。

久々に腹の底から笑った。

久々に、嘘じゃない笑い声が響いた。

「んじゃ、お前の元気そうな顔も見られたし、今度は雅連れてまた来るわ」

腕時計を見ながら、ドテチンが言った。気づけば、あれこれ昔話に花を咲かせ、もう一時間半以上が経っていた。

「泊まってかないのかよ?」

「バカ。明日、俺も学校~。今からなら終電ギリだからさ」

——そこまでして、心配し、来てくれたのか……。

ドテチンの溢れんばかりの優しさに、淳太郎は感謝の思いしか抱けなかった。

「駅まで送るよ」

「いや、大丈夫。タクシー捕まえるから。マジで終電ギリだし」

「そっか。ホントに今日はサンキュな。お前と会えてマジで嬉しかった」

「俺もだよ! あっ!」

何かを思い出したように、ドテチンが鞄をあさった。

「ホレ! 栄養ドリンク! それ飲んで元気になれよ!」

差し出されたのは、よくあの川原で淳太郎がよく飲んでいた、レモンチューハイだった。

「あはは！　サンキュ！　でも、元気だってばさ！」

「まぁ、いいからいいから。また近いうち来るわ！」

「おう」

大きく手を振りながら笑顔で帰って行くドテチンを見送った淳太郎は、自室に入ると、ドテチンにありがとうメールを送ろうと携帯を開いた。

「メール？」

メールＢＯＸに受信があるのに気づき、淳太郎はメールを開いた。ドテチンからだと思い込んでいた。

しかし、送られてきたメールは知らないアドレスで、添付された写真だけが映し出された。

「⁉」

ドテチンの存在で、しばし苦痛から逃れられていた淳太郎に突きつけられた現実。

メールは、今日撮られた淳太郎の全裸写真だった。

今日のアイツらの言葉がフラッシュバックした。

――『学校の裏サイトで流すわ』………。

恐る恐る淳太郎はパソコンの電源を入れ、自分の名前と学校名を入力した。そこには、涙を流しながら全裸写真を撮られている淳太郎の姿が、でかでかと載せられていた。

そして、それを楽しむ来客たち。

誰一人として、淳太郎を哀れんでいるものはいなかった。（笑）（爆）の嵐。

——もう、無理だ……。

いろいろなアングルで流れている淳太郎の露な姿を観て楽しんでいる裏サイトの来客者たち。来客数は増えるばかり。

響く。

響く。

悪魔の笑い声。

その日、淳太郎は自殺を図った。

家中にある薬を集め、ビールで流し込んだ。不眠症の妙子が飲んでいる睡眠薬も探しだし、口に運んだ。淳一郎のビールで流し込む。朦朧としてゆく意識の中で、ペンを取り、ノートに書いた。

【元木裕貴、戸田嘉樹（よしき）、山本徹平（てっぺい）、奴らは悪魔です】

一行目にそう書いた。そして、今までやられてきたいじめの行為を詳しく書き込んだ。若はげが、自分を見捨てた事も。インターネットで、自分の裸の写真が流されている事も、それを学校中の奴らが面白がって笑っている事も、全て。

全て。

全て。

全て。

だんだん、文字が乱れてくる。襲いかかる激しい睡魔。頭が、朦朧とする。

ペンを持ち直し、なんとか文字を書き続ける。一番、言いたい事。一番、伝えたい事。

【父さん、ごめん。母さん、ごめん。でも、これじゃあ生き地獄だよ。耐えられないよ】

両親の顔が浮かぶ。

【ごめん。せっかく産んでくれたのに。せっかく愛してくれたのに。ごめん。ごめん。ごめんなさい】

謝罪。いくら書いても、足りない気がした。

朦朧としている淳太郎の目に、さっきドテチンからもらったレモンチューハイが目に入った。淳太郎は床を這いずり、レモンチューハイを一気飲みした。

ドテチンの笑顔が浮かんだ。溢れ続ける涙に、また新しい涙が流れた。

力を振り絞る。最後の一行。

【ドテチン、雅ちゃん、見たかった】

もう、文字になっていなかった。

淳太郎は、眠りについた。今まで味わった事のない、深い深い眠り。

――ごめんな。

最後に、再び謝った。

両親へ。

ドテチンへ。

この先の未来で、自分を必要としてくれるはずだった者達へ、愛すべき者達へ……。

三人の顔が浮かんだ。あのクスクスという笑い声が聴こえた。ダサい奴ら。一人では何もできない。つるんでいないと、行動できない。弱い者しかいじめられない。抵抗できない者にしか手を出せない。

ダサい？　情けない？　よく言ってくれたものだ。自分の愚かさに気づけないお前らが一番ダサいのだ。情けないのだ。いじめなんて一番ダサい事を平然と行っている自分の醜さに、いつ気づくのだろう？　いや、アイツらは一生気づけないのだろうな。可哀想だ。愛を知らない奴ら。本物の友情を知らない奴ら。無力な奴ら。あんな奴らが子供を持ち、また悪意の塊が産まれるんだろう。いじめはなくならない。自分が死んでも、いくら世の中が変わっても、永遠に。そう、地球が回り続ける限り、永遠に。

——でも、一番ダサいのは、死ぬ事しか考えられない俺なのかな……？

そう思った。でも、淳太郎には、もうこの道を取るしか選択肢はなかった。


「淳太郎……。淳太郎……」


どれくらい眠っていたのだろうか？　淳太郎は目を覚ました。

「淳太郎！」

声のするほうへ振り返ろうとした。しかし、首が動かない。ピッピピッピッという医療器具の音がする。

「淳太郎！」

淳一郎が淳太郎の顔を覗いた。

「先生！　先生！」

妙子が叫んだ。

——死ななかったのか……。

「…………！」

——え？

ごめんと言おうとした。しかし、声が出ない。起き上がろうと、身体を動かす。しかし、指先一本動かない。視線を淳一郎へ移す。

――どうなっている？　俺は、どうなっている？　父さん！

淳太郎は淳一郎の目を見た。淳一郎は悲しそうな目で淳太郎を見つめた。

――父さん？

「ごめんな……」

淳一郎が言った。淳太郎は驚いた。泣いている。淳一郎が泣いている。決して家族の前では弱音を吐かない淳一郎が。涙なんて見せた事のない淳一郎が。

淳一郎の涙が、淳太郎の顔へ落ちる。淳一郎がそれを拭う。そして、繰り返す。

「ごめん。ごめん。ごめんな」

――泣かないでよ、父さん。謝らないでよ、父さん。悪いのは俺だよ。俺なんだよ。

伝えたい。だけど、伝える手段がない。指を懸命に動かそうとする。だけど、どんなに頑張っても動かなかった。

すぐに医師が駆けつけた。医師は淳太郎の瞳を見ると、「わかるかい？」と言った。そして、すぐに言葉をつけ足した。

「わかるなら、瞬きして」

淳太郎は瞬きをした。精一杯。懸命に。そんな淳太郎を見て、医師は微笑んだ。

「大丈夫だからな」

そして、小声で両親を呼んだ。

「すぐ、戻るから」

淳一郎が淳太郎へ言った。目が、真っ赤に腫れている。無精髭。一睡もしてないのだろう。

パタン。

ドアの閉まる音。そして、すぐに妙子の声がした。

「そんな！　一生このままなんて！」

妙子が泣き崩れるのがわかった。

――このまま？

医師はそう言ったのだろうか。一生このままだと。この、指一本動かないままだと。

「そんなふざけた事があってたまるか！　アイツはまだ十六歳なんだ！　なんとかしてくれ！　金ならなんとかする！　いくらでも払う！　だからっ……」

「奇跡なんです。これでも、奇跡なんです」

淳一郎の声を、医師が遮った。

――奇跡……。

神とはどこまで残酷なのだろう。なぜ、死なせてくれない？　なぜ、苦しみを与え続ける？　なぜ……。

淳太郎の視界がぼやけた。涙がとめどなく流れる。

なぜ。

なぜ。

なぜ……。

その言葉だけが浮かぶ。

叫びたい。だけど、声が出ない。

起き上がりたい。だけど、身体は動かない。

これが、神が与えた自分への罰なのか……。

どうして……。

疑問ばかりが生じた。どうして、どうして、どうして……。

しかし、動かなかった。翌朝になっても、次の日になっても、指一本動かなかった。

食事の時間になると、看護師が点滴を持ってくる。淳太郎の食事は、点滴のみだ。排泄も、自分の力ではもうできない。カテーテルを差し込まれ、排尿は自動的に行われた。排便は、看護師の手によってなされた。床ずれができないよう、二～三時間置きに看護師が淳太郎の身体を動かす。背中へ、足の間へ、枕を入れる。右側へ、左側へ……。

淳太郎の精神状態は最悪なものだった。苦しみのあまり叫びたかった。しかし、声は出ないのだ。

そんな精神状態のまま、数日が経過した。

天井しか見られない淳太郎のために、妙子が綺麗な景色のポスターを天井に貼った。

ハワイだろうか？　綺麗な海。真っ青な、汚れのない海。

――行ってみたいな。

そう思った。

山。富士山。中学生の頃、林間学校で行った。間近で見ると、迫力があった。本当に天辺には雪が積もっているものなんだな。そう思った。

花。なんの花だろう？　とてもかわいらしい。

――そう言えば、玄関に飾ってあったあの花はなんて名前なんだろう？

知りたいな。そう思った。だけど、伝わらない。声が出せない。

「綺麗でしょ？」

妙子が淳太郎の顔を覗いた。淳太郎は、一回瞬きをした。妙子が微笑んだ。

「そうでしょう？」

嬉しそうな声だった。だけど、妙子の目は腫れていた。淳太郎の前では泣かない。

だけど、家で泣いているのだろう。妙子だけではなく、淳一郎も……。

――とんだ親不孝しちまったな……。ごめん。

淳太郎は妙子の目を見つめた。妙子はうんうんと頷いた。

病室のドアが開かれたのがわかった。食事の時間だろうか？　いや、さっき点滴を打ったばっかりだ。淳一郎？　いや、まだ会社だろう。

「土手川(どてかわ)君……。わざわざ、来てくれたの？」

妙子が言った。

――ドテチン？

淳太郎は入り口へと視線を移した。ドテチンが立っていた。淳太郎を見て、放心状態になっているドテチンが、そこにいた。

「さ、こっち来て。顔見せてあげて」

妙子に促され、ドテチンが一歩一歩、淳太郎に近づく。そして、淳太郎の顔を見、言った。

「何かあったら、言えって言っただろう……」

ドテチンの目からみるみる涙が溢れた。

「誰だよ？　誰だ！　誰がお前をここまでにした！　お前の仇、俺が取ってやるから！　ぶっ殺してやるから！　おい！　言えって！　おいっ！」

ドテチンの叫び。妙子がなだめる。

「わからないのよ。だから、仇なんて取らないで。淳太郎は生きている。生きているのよ」

元木達の名前は遺書に書いた。妙子は元木達を知っている。しかし、ドテチンが下手な真似をしないよう、妙子が嘘をついたのだと察した。

——ありがとう、母さん。優しい嘘だ。

「でもっ！」

ドテチンが叫んだ。

「土手川君！」

妙子がなだめた。

「でも……っ！」

ドテチンが泣き崩れた。そして、言った。

「ごめ……。俺が、もっとちゃんと気づいていれば……」

——違うよ。お前のせいじゃない。

「土手川君のせいじゃないわ。泣かないで」

妙子が淳太郎の気持ちを代弁してくれた。

——ありがとう、母さん。そのとおりだ。

心の中で妙子に礼を言った。

妙子がドテチンの涙を拭った。

「俺、なんとなくわかってたのにっ！　コイツがなんか変なこと、気づいてたのに！

でも、俺、バカだから、コイツのピンチ、ちゃんと察してやれなかった！　俺！　コイツの親友なのに！　あの時、もっとちゃんと聞けばよかったんだ！　もっとちゃんと、コイツの心の声を聞けばよかったんだ！　なのに、俺、なんにもできなかった。コイツのSOS、気づいてやれなかった……！　俺、コイツの一番の親友なのに！」

自分を責めるドテチンの背中を、妙子が擦った。

「なんにもできなかったなんて言わないで。この子は、土手川くんがあの日来てくれて、土手川くんがこうしてこの子の親友でいてくれて、幸せなんだから」

妙子の声も、涙声だった。

「淳太郎、ごめん！！！」

ドテチンが泣き崩れた。妙子が優しく背中を撫で続けた。二人の姿が涙でぼやけた。涙は、すぐに頬へ流れた。

ドテチンが泣く姿なんて、今まで想像できなかった。しかし、泣いている。今、ドテチンが泣いている。

ドテチンが苦しんだ時、自分がなんとかしてやろうと思っていたのに。なのに、自分が、ドテチンを苦しめてしまった……。ドテチンだけじゃない。淳一郎も、妙子も。

――ごめん。

淳太郎は詫びた。せめて声だけでも出ればいいのに。心からそう思った。だけど、叶わない。自分がしてしまった事だ。どんなに悔やんでも、もう遅い。

しばらく、ドテチンのすすり泣く声が聴こえていた。そして、ドテチンはやっと立ち上がった。ドテチンが、淳太郎の頬を触る。

「わかるよな？」

淳太郎は瞬きをした。ドテチンは真っ赤な目をして笑った。そして、鞄からごそごそと何かを取り出した。

「雅だ」

プリクラを目の前へ出してくれる。なるほど。かわいい子だ。ドテチンとツーショットで写っている。にこやかに、幸せそうに微笑む少女。ドテチンを愛しているのだとわかる。ドテチンの笑顔も、いつもと違う。こんな笑顔、見た事ない。きっと、この少女の前でしかできない笑顔なんだろう。

――かわいい。

淳太郎は心で言った。ドテチンは照れたように笑い、「ああ」と言った。きっと、淳太郎の声が届いたのだろう。

――――ありがとう。

再び、心で唱えた。ドテチンはまたもや「ああ」と言った。

届いている。よかった……。

しばらく、ドテチンは側にいてくれた。何も言わず、側にいてくれた。病室内は、愛で溢れていた。

「土手川君、時間平気？」

妙子の声がした。ドテチンは腕時計を見、「あぁ……もう」と言った。

「今日、帰るの？」

「はい。明日、学校なんで」

「そうよね。忙しいのにありがとう」

「いえ、会いたかったんです。俺が、淳太郎に会いたかったんです」

そう言うドテチンの声は、また涙声だった。

「また、来るからな！」

淳太郎の頬を軽く叩き、ドテチンが言った。

――――おう。

瞬きをし、言った。

「おう！」

ドテチンが言った。コイツだけは、死んでも友達だと実感した。

「じゃ、また来ます」

淳太郎に涙など見せたことないドテチンの声は、ずっと涙声だった。

「またな！」

ドテチンが淳太郎に向かい言った。

やっぱり、ドテチンの声は涙声だった。

――ごめんな。

淳太郎は、唱えた。

「おう！」

ドテチンは、ピースサインをして見せた。そして、病室を出て行った。

今度は……伝わらなかった。

そして、淳太郎は目を閉じた。

そして、息を止めた……。


走馬灯が消えた。淳太郎は真っ白い霧の中にいた。

――どこだ？

淳太郎は手足を動かした。

動く。

――ここが、死の世界？

やけに静かだ。だけど、このほうが何倍もありがたい。もう、あの地獄の日々を思い出さないですむのだから。

「あああああああぁぁぁぁ！！！」

淳太郎は叫んだ。腹から声を出し、大声で叫んだ。淳太郎の声が反響している。声が出る。喜びが湧き上がった。

「あああぁぁぁぁぁぁ！！！」

叫んだ。喉が張り裂けんばかりに叫んだ。出る。声が出る。叫べる。自分の中だけではなく、声が響いている。この、霧の中で……。

「父さ～ん！　ごめん～！」

叫ぶ。

「母さ～ん！　ごめ～ん！」

叫ぶ。

「ドテチン、ごめん～！」

叫ぶ。

「ありがとう～！！！」

叫んだ。

この声が、届いてくれるといいと思った。

――神様、もしいらっしゃるのなら、この言葉だけお伝えください。俺の、最後の願いです。この願いだけ叶えてくだされば、もう、何もいりません。

そして、いるのかいないのか定かではない神に向かい、祈った。

もう走馬灯は流れない。死後の世界。望んだ静寂の中。この中で、一生祈り続けようと思った。両親の幸せを。ドテチンの幸せを。一人でも多く、いじめをする奴らがいなくなる事を。いじめなんて一番ダサい行為だと気づいてくれる事を。いじめられっ子が救われる事を。自分のような死を遂げる者がいなくなる事を。

淳太郎は霧の中を駆け巡った。疲れても走り続けた。そして、叫び続けた。

「ありがとう」と。

そして、疲れ果てた淳太郎は眠りについた。深い、深い、安らかな眠りに……。

どのくらい眠っていたのだろう？　ずいぶん眠っていた気がする。

俺は覚醒し、目を開けた。

視界に入ってきたポスター。海。山。花。俺は発狂した。

「なんで！　なんで死ねない！」

これほど大きな声が出るのかと自分でも驚くほど、大きな声で叫んだ。そして、ハッとし口に手を当てた。

「出てる……」

両手を動かす。

「動く……」

両足を上げる。

「動く……」

――――何が起きている？

さっぱりわからなかった。俺の声を聴き、看護師が駆けつけた。

「あら～。ずいぶん大きな声だから、びっくりしちゃったわよ～」

中年の看護師が、笑いながら言った。大きな二重の瞳。ピンクに縁取られた眼鏡をかけている。ナース服のネームプレートには、【小野(おの)めぐみ】と書かれていた。

「あの……」

「ん？」

「俺、どうなってるんですか？」

俺の質問に、看護師は小さく微笑んだ。俺に装着されていた医療器具を外す。

「今、先生いらっしゃるから、ちょっと待っててね」

「……はい」

看護師が病室を出て行った。

――治った？

両手を動かし続け、じっと見つめた。ピョンッとベッドから飛び降り、鏡を見る。なんともない。健康そのものだ。

「おお！　まだ起きちゃダメだよ。安静にしてなくちゃ。君はずっと寝ていたんだからら」

六十歳くらいの医師が病室に入るなり俺に言った。ふくよかな体格。髪に白髪が目立つ。でも、とても優しい笑みを浮かべる医師だ。ネームプレートには、【村上知弘（むらかみともひろ）】と書かれていた。

「あの、俺……」

「ん？」

「ここ、天国ですか？」

俺の問いに、村上医師は驚いたような顔をした。そして、ぷっと吹き出した。

「何言ってるんだ！　天国だったら、私は働いてないよ」

「そう……ですよね……」

　村上医師が、ははは っと笑った。

「いろいろな検査があるから、しばらくは入院してもらうけど、痛い検査はないから安心して！　今はゆっくり身体を休めて、栄養摂って！」

　村上医師が、ぽんっと俺の腕を叩いた。感触がある。夢じゃない。

「両親は、どこですか？」

「ん？」

「両親は、俺が回復した事、知っているのでしょうか？」

「うん。まぁね」

　村上医師が答えた。

「会えますか？　謝罪したいんです！」

　村上医師に言った。村上医師は、小さく首を横に振った。

「会えないんですか……？」

　落胆したように言う。村上医師は、頷いた。

「まだ、無理だ。でも、時機が来れば会えるかもしれない」

「時機？」

「とにかく、今は静養が第一だ。さ、横になって」

ベッドに寝かされる。

「あの……？」

「大丈夫だ。何も心配いらないよ」

村上医師は不安がる俺に言った。

「おお。何やら元気な声が聴こえたなぁ」

ドアが開くと共に、小さな子供の声がした。

「あ、先生。すみません。わざわざ」

村上医師が頭を下げた。

――先生？

子供を見つめる。まだ、七、八歳くらいの小さな子供。でも、白衣を着用している。大きな瞳。小さな口。きっと、大きくなったらモテるだろう。

――入院している子供だな。先生ごっこか。

村上医師がいい人間だとわかる。子供の遊びに、本気でつきあってやっている。

「こんにちは～。私は土手川裕一郎という者だよ。ここは設備も整っているし、君は見たところ健康そのものだ。大丈夫。すぐに退院できるよ」

子供はネームプレートを見せた。

「土手川……」

そう言えば、ドテチンの家系は医者だったと思い出した。

――すごい偶然だな。

俺はおかしくなった。

――ドテチンに言ってやろう。きっと、大爆笑だ。

笑いを堪えている俺に、子供が言った。

「何か？」

「あ、いや、友達と同じ名前だったので。すみません。先生」

俺も、村上医師に合わせ遊びに参加してやる。子供はきょとんとした顔をしたあと、

「もしかして……」と口を開いた。が、村上医師がそれを止めた。

「先生。まだ、今目覚めたばかりですから」

村上医師の言葉に、子供は「そうだったね。そうだったね」と頷いた。

「もうだいぶ子供に……」

「先生、その話も……」

「そうだったね。そうだったね」

子供が呟いた。

「じゃ、ちゃんと休むんだよ」

そう言うと、子供は村上医師と共に病室を出て行った。

――かわいいな。

微笑ましかった。村上医師は、きっといいパパだろう。いや、あの歳ではおじいちゃんか。きっと、いいおじいちゃんだ。子供が先生になりきって遊んでいる。

子供は、本気で遊んでくれる大人が大好きだ。戦闘ごっこでも、大人が本気で怪獣役をやってくれれば、自分も本物のヒーローになれる。俺にも覚えがある。

まだ、四、五歳だったろうか？　父さんに怪獣役を頼み、自分はヒーローになった。はじめは照れくさそうに怪獣をやっていた父さんだが、俺が『そんなの怪獣じゃな～い～！』と大泣きすると、『よし！』と本気で怪獣役に没頭した。本気の父さんは、本物の怪獣に見えた。俺は、レーザー光線やパンチを喰らわせ、怪獣と闘った。そして、怪獣父さんは本気になりすぎたあまり、母さんの大切なティーカップを割った。

『何やってるの！　もう、これ、高かったのに！』

母さんに怒られ、父さんはショボンとした顔になった。

『だって、淳太郎が怪獣やれって……』

『淳太郎のせいにしないで！　あなたがやったんでしょう！』

弁解しようとした父さんは、ますます母さんに怒られていた。俺はそんな父さんの姿がおかしくて、腹を抱えて笑った。父さんは、『笑ったな～』と言い、俺のわき腹をくすぐった。俺は、大声で笑い転げた。

ふふふっと笑い、両手両足を動かした。そして、思った。

――父さん達に会ったら、まず『ごめんなさい』と言おう。そして、『ありがとう』と。

言われたとおり、その日は検査ばかりだった。レントゲン。血液検査。ＣＴスキャン。尿検査。ありとあらゆる検査を終え、ベッドに戻ったのは夕方五時過ぎだった。

――もう、母さん来るかな？

壁時計を見ながら思った。いつもは昼間に来て今頃帰るのだが、今日は何か用事でもあったんだろう。無意味に身体を動かす。そして、溢れ出る喜びを噛み締める。

――ありがとう、神様。俺、生きます。

神はいる。そう信じる事にした。そして、神に感謝した。

六時を回ると、うまそうな匂いが立ち込めた。

トントン。

ドアがノックされる。

「お食事ですよ～」

若い、二十代半ばの女性がトレーにのせられた食事を俺の前に置いた。すべての食器に蓋がしてある。

「コレ、食べてもいいんですか？」

目の前に用意された食事を指差しそう問うた俺に、女性が笑った。

「ええ、あなたのよ。ゆっくり噛んでね」

「はい！」

女性が出て行く前に、蓋をひとつずつ開ける。ご飯、白身魚、煮物、バナナ、サラダが顔を出した。

生唾が溢れる。食事なんて何日ぶりだろうか？　ずっと、あのまま点滴の日々が続くのだと思っていた。

――生きてるって、素晴らしいな。

心底そう思った。

ご飯を口に入れ噛み締める。

「ご飯って、こんなに甘いんだ」

つい独り言を呟いた。

白身魚、煮物、サラダを堪能し、バナナを頬張る。バナナのほんのりとした甘味が、堪らなくうまかった。一粒残らず白米を食べ、蓋をした。久しぶりの満腹感に、身体が大喜びしているのがわかる。身体は、正直だ。

時計を見る。時刻は、午後六時半。もう、面会時間は終了しているだろう。

――母さん、どうしたのかな？

心配になってくる。

コンコン。

ドアのノックと共に、さきほどの女性が入ってきた。

「食べ終わったかしら？」

食器を指差し、女性が言う。

「はい！　おいしかったです！　すごく！」

「そう。よかった」

女性が微笑みながら言った。

「あの」

「何？」

トレーを手にしながら、女性が返答した。

「面会時間って何時までですか？」

「面会時間？　たしか六時までだったと思うけど」

「そう……ですか」

「どうしたの？」

しょぼんとした声を出した俺に、女性が問う。

「いえ、親が来なくて……。毎日来てたのに。何かあったのかな？って心配になっちやって……」

俺の言葉を聞き、女性が口を噤んだ。静かにトレーを持ち上げる。

「いつ、目覚めたのかしら？」

女性が言った。

「えっと……昼頃ですが」

「今日の？」

「はい」

「そう」

それきり女性は何も言わなかった。

「あの？　なんでですか？」

そう尋ねた俺に、女性は笑顔を見せた。

「なんでもないわ。明日の朝食も楽しみにしててね。ここの病院ね、料理がおいしいので有名なのよ」

「あ、はい」

何かしっくりこない。さっきの村上医師も、この女性も、俺に何か隠している気がする。

「あの」

「何？」

「今日は何月何日ですか？」

「今日？　今日は六月二十八日」

「そう……ですか」

——一ヶ月半以上、眠っていたのか……。

自分が昏睡状態になっている間に、春は終わり、梅雨を迎えていたのだと考えると、不思議な感じがした。まるで、人生の一部分が抜け落ち、タイムスリップしたような感覚。

「大丈夫？」

ぼうっとしている俺に、女性が心配そうに尋ねた。

「あ、はい！　大丈夫です。すみません」

俺は、明るい声で女性に言った。

「そう。じゃ、ゆっくり休んでね」

女性は俺に向かい微笑んだ。そして、病室を出て行った。

——家に電話してみるかな。

静まった病室内で、天井に貼られたポスターを見ながら思った。今、誰よりも両親の声が聴きたい。あれだけ苦しめ、悲しませ、心配させてしまったのだ。医療費だって、きっとたくさんの額を支払わせてしまった。

父さんは保険会社に勤めているせいもあって、保険は安心できるプランを選び入っている。父さんの収入は、普通のサラリーマンより少し上かもしれない。でも、それでも大金持ちなわけではない。平均的なものだと思う。母さんも専業主婦で働いているわけではない。父さんの収入一つで、母さんと俺を養っているのだ。今回の出費は、痛かったはずだ。

――『そんなふざけた事があってたまるか！　アイツはまだ十六歳なんだ！　なんとかしてくれ！　金ならなんとかする！　いくらでも払う！　だからっ……』

父さんが叫んだ言葉を思い出した。本当に、『感謝』以外の言葉は思いつかない。両親のおかげで、ここまで元気に回復できたのだ。『健康第一』なんてよく言うけど、そう言われても今まではピンとこなかった。だけど、今ではその大事さが手に取るようにわかる。健康でいられる事は当たり前なんかじゃない。奇跡なのかもしれない。その『奇跡』に、感謝したい。

ベッドから起き上がり、棚の中を探る。千円札が入っているのを発見し、それを掴み病室を出た。

廊下には、点滴を押しながら歩いている老婆と、車椅子に乗っている中年男性がいた。中年男性は壁に貼られているポスターを、何やらじっと見ていた。

公衆電話を探す。きっと、ナースステーションの前だろう。

――ナースステーションはどこだ？

ざっと見回すが、見当たらない。看護師の姿もない。

――聞くか。

車椅子の男性のもとへ歩む。しばらく歩いていなかったせいか、一歩一歩が重かった。じきに慣れるものだろうが。

「あの」

俺の声に、男性が振り返った。切れ長の目で、ボテッとした大きな鼻が印象的だ。

男性は小さく微笑み、「何か？」と問うた。

「公衆電話を探しているんですが、どこにありますか？」

「公衆電話ですか。ナースステーションの前にありますよ」

男性は温和な声で答えてくれた。

――ここの病院、きっと評判がいいんだろうな。皆、笑顔でいる。医師も看護師もすごく人当たりがいい。

しばらく、笑顔という、人間にとって一番の安定剤から遠ざかり飢えていた俺は、この病院にいる人々の笑顔が嬉しくて仕方なかった。話しかけても嫌な顔などされない。笑顔で答えてくれる。

——どんな薬より、笑顔が一番の安定剤だよ。

本気でそう思った。

「ナースステーションはどこでしょうか？　広いからわからなくて」

再び男性に尋ねた。

「えっと、この先を右に曲がって、すぐのところにあります。入院されたばかりで？」

男性はやはり笑顔で、俺に問うた。

「いえ、ずっと身体が動かなくて……。でも、目覚めたら動くようになってて」

俺の返答を聞くと、男性は少しびっくりした顔をした。

「目覚めて、どのくらいなんですか？」

「え？」

「意識が戻って、どのくらいで？」

「えっと、今日の昼頃ですが……」

俺の返答を聞くと、男性は「そうですか、そうですか」と言いながら、三回小刻みに頷いた。

「じゃあ、まだ慣れないでしょう？」

「え？」

聞き返す俺に、男性はハッとしたような顔をした。

「あ、いや、気にしないでください」

左の掌を左右に動かしながら、男性が言った。

「あの、さっきからいろいろな方にそう聞かれるんですが……。どういう事ですか？」

男性に問う。

「じきに、わかりますよ」

「じきに？」

「えぇ。じきに」

そう言うと、男性は再び壁に貼られたポスターを見た。【火の用心、あなたの火が悲劇を生む】と書かれたポスター。色白でやたら瞳が大きい美少女が、ライターを持っていた。

――新人タレントだろうか？　見た事がない。コイツは売れるだろうな。

偉そうに分析をしたあと、男性にお辞儀をし、廊下を歩く。言われたとおり右に曲がると、すぐにナースステーションが見えた。両替してもらわないと電話がかけられないと思ったが、好都合な事に公衆電話の隣にテレカの自販機が設置されていた。

ゆっくりゆっくり公衆電話に近づく。自販機に千円札を入れたところで、さきほどの看護師に声をかけられた。たしか、小野看護師だ。

「ダメじゃない、白戸さん。安静にしててって言ったでしょう？」

「あ、すみません。ちょっと電話をかけたくて」

慌てて小野看護師に謝罪する。そういえば、村上医師にも安静にしているように言われていた。

「電話？」

小野看護師が聞き返した。俺は頷いた。

「はい。回復してから両親に会ってないので。毎日お見舞いに来てくれてたのに今日は来なかったから、何かあったんじゃないかって心配になっちゃって」

「あ〜……」

小野看護師が困った顔をした。

「あの、まさか、両親に何かあったんですか？」

小野看護師に尋ねる。小野看護師は「そうじゃないわ」と、首を横に振った。

「本当ですか？」

「ええ」

「そうですか。よかった」

そう言い、テレカを買おうとした俺の手を小野看護師が止めた。

「お父様もお母様も元気よ。あなたが心配する事は何もないわ。とにかく、今日はゆっくり休んで。村上先生から説明があると思うから、それまではとにかく安静に」

「電話、ダメですか？」

「ええ。今は」

　小野看護師は自販機から千円札を抜き出し、俺に手渡した。何がなんだかわからない。さっきから、違和感を覚える。

「あの、さっきからずっと、いつ目覚めたのかって聞かれるんですが……どういう意味ですか？」

「それも、村上先生からご説明があるから。とにかく、今は何も考えないで身体を休めて？　自分では気づかないかもしれないけれど、あなたはずっと眠っていたぶん、体力が落ちているんだから。今は、先生のおっしゃるとおりに、安静にしててね？」

　小野看護師が言った。何か隠している気がして仕方ない。

「でも」

「何かあったの？」

　納得がいかず、問い詰める俺に、ナースステーションから少女が出てきた。まだ、高校生くらいにしか見えない。しかし、ナース服を着ている。ショートカットで、目は一重。つけまつ毛をしていて、瞬きをするたび、目が強調される。ネームプレートには、【佐々木梅乃（ささきうめの）】と書かれていた。これほど童顔な人に今まで出会った事はなかった。

「あ、師長」

——師長？　この若い子が？

不躾かもしれないが、俺は少女の顔をじっと見つめた。

「301号室の白戸淳太郎さんなんですけど……。まだ目覚めたばかりで。ちょっと動揺しているみたいで」

小野看護師が師長に言った。

「担当は？」

師長がゆっくりとした口調で尋ねた。

「村上先生です。でも、説明はまだです」

「そう」

師長が、俺に微笑んだ。

「歩いてここまで来たの？」

「あ、はい」

「足、重くなかった？」

師長が俺の右足を摩りながら、問うた。

「あ、少し。でも、歩けます」

「そう。若いものね。でも、無理はしちゃダメよ。村上先生にも言われたでしょう？

あなたはずっと眠っていたの。いきなり動くのは危険だわ。少しずつリハビリしていきましょう。とにかく、今日はゆっくり休んで。何も心配はいらないから。大丈夫よ。安心して。病室に戻りましょうね」

軽くぽんぽんっと俺の背中を叩き、師長が言った。

「……はい」

納得はいかなかったが、従うしかない。しぶしぶ了解した俺の返答を聞き、師長は微笑んだ。

「小野さん、車椅子持ってきて」

「はい」

師長に指示され、小野看護師が慌ててどこかに走っていった。若い、少女にしか見えないこの師長が、中年のベテラン看護師に指示する姿は、異様なものに見えた。

「村上先生はいつ、その、説明してくれるんですか？」

師長に問う。師長は再び微笑んだ。

「聞いておくわ」

師長が短い返答で俺の問いを濁す。

小野看護師が、車椅子を押して戻ってきた。

「さ、乗って。病室まで押していってあげるから」

師長に促され、車椅子に乗る。生まれて初めて車椅子に乗り、大病人になった気がした。病室までの道のり、師長はずっと、戸惑いを隠せない俺におまじないをかけるように、「心配いらないわ」と言った。

病室に着き、ベッドに寝かされ、布団をかけられる。

「明日の朝食はたしかパンだったわね。パン好きかしら？」

「はい」

「そう。じゃあ、楽しみにしてて。きっと、おいしいわ」

師長の微笑を見ていると、なぜだか少し安心した。両親に早く会いたかったが、きっと明日になれば会えるだろう。

「消灯時間まであと三十分くらいだけど、眠れそう？　軽い睡眠薬出しましょうか？」

「いえ、大丈夫です」

「そう？　じゃあ、何かあったらブザー押してね。無理しちゃダメよ？　患者さんのケアが私達の仕事なんだから、遠慮せずに押してね？」

師長が布団をクイクイッと上げながら言った。

「はい。ありがとうございます」

師長に礼を述べる。師長は同じ笑顔を返した。

――きっと、将来ナイチンゲールのような女性になるんだろうな。

そう思った。

消灯時間になり、電気が消された。枕もとのランプをつけ、天井のポスターを眺める。指先を動かしながら、考える。

――完全に回復して退院したら、また学校に行かなきゃいけないんだよな。

そう思うと、憂鬱だった。

――またいじめられるのだろうか？　俺がこんな行動に出た事で、元木達に何か変化はあったのだろうか？

どちらにせよ、憂鬱でしかなかった。たとえいじめがなくなったとしても、あの学校に俺の居場所はない。

――通信制の学校に通おうか。大検取ってもいいしな。

逃げる事になるのかもしれないが、それでいいと思った。自分を守る事は、負けではないだろう。生きる事のほうがずっと大切だ。初めてそう思えた。

だって、俺は俺なりの限界まで頑張る事ができたから。あの学校に、もはや未練はない。

人間、身を守るためなら逃げる時があってもいい。逃げ続けなきゃいいんだ。何かしらの形で結果を出し、『幸せ』というものを掴めばいいんだ。

幸せにはいろいろな形がある。愛だったり、友達だったり、家族だったり、地位だったり、名誉だったり、金だったり。人それぞれ幸せの形は違う。だけど、皆幸せを手に入れるために頑張っている。走り続ける。そして、疲れたら休む。立ち上がって、また走る。そうして時間は経過していく。

「今は、きっと休む時期だ」

自分に言い聞かせるように呟いた。でも、必ずまた走り続ける。俺は、負けない。手に入れてみせる。俺なりの『幸せ』を。時間なんていくらかかったっていいんだ。焦る事などない。焦って間違った選択をしてしまうくらいならば、自分の道を、本当に進むべき道を、じっくりゆっくり探せばいい。

だって、俺にはまだまだ時間があるのだから。

徐々に眠気が訪れた。また、眠って起きた時、動かない身体に戻っていたらどうしようと、不安もあった。しかし、自分の身体をつねれば、痛みが走る。生きている。ちゃんと、生きている。これは、現実だ。あの動く事ができなかった時に、何度も見た願望の夢などではない。これは、紛れもない現実。

――ありがとう。

自分の身に起きた奇跡に、心から感謝した。

そっと目をつむった。深呼吸し、眠りに落ちていった。

翌日、廊下からするいい匂いで目が覚めた。朝食の時間なんだと察した。壁時計を見ると、午前七時半を回ったところだった。

コンコン。

「はい」

ドアのノックに返事をする。ドアが開いた。

「白戸さん、お食事ですよ」

昨日とは別の女性が、食事を運んできた。

歳は、三十代半ばのように見える。ふくよかな体つきで、目じりの皺が少しだけ目立った。もしかしたら、四十代なのかもしれない。最近の女性は、年齢が読めない。

鼻の横にホクロがあり、パーマをかけた髪を一つに結んでいる。

「よく眠れたかしら？」

気遣うように、女性が言った。

「はい。ぐっすりです」

「よかったわねぇ～」

女性が微笑んで見せた。

――ここの病院は、本当に皆が皆、人当たりがいいな。皆、よく笑みを見せてくれる。

与えられた優しさが心地よかった。

女性は、ベッドの脇にある棚に設置されたテーブルを引き出し、その上に食事を置いてくれた。

「ありがとうございます。あの、食べ終わったらどこに置けばいいですか？」

小学生の頃、盲腸で入院したが、その時は食べ終わった食器は廊下に置かれた配膳車の中へ戻していたのを思い出し、女性に問うた。

女性は、「いいのよ。まだ安静にしているように言われてるでしょう？　食べ終わった頃に取りにくるから心配しないで」と言った。なんだか申し訳ない気がしたが、「ありがとうございます」と述べた。

「じゃ、また来ます」

そう言い、女性は病室を出て行った。今度は女性が出て行ったのを確認してから、蓋を開けた。

ベーコンと目玉焼き。皿に載せられたトースト二枚。バター。牛乳。サラダ。

病院食がこんなにうまいものだとは思わなかった。イメージ的に、味が薄くてマズイという印象しかなかった。

「こりゃ、昼飯も楽しみだ」

両手を擦り、呟いた。トーストにバターを塗り、口へ運ぶ。目玉焼きもベーコンも、サラダも全て食べ、最後に牛乳を飲み干した。

満腹感に満足し、箸を揃え、「ごちそうさま」と独り言を言ったあと、ベッドに横になった。これじゃあ、五キロは太るだろうなと思った。今の体重が五十四キロ。五キロ太れば五十九キロ。身長は百七十四センチあるから、五キロ太ったとしても、そのくらいでちょうどいいのかもしれない。母さんによく『アンタは痩せすぎよ』と言われていたのを思い出していた。母さんの笑顔が目に浮かぶ。

コンコン。

再びノックの音。

「はい」

返事をすると、さきほどの女性が食器を取りにきた。

「おいしかった？」

「はい。昼飯が楽しみです」

「そうよね。入院生活での楽しみって、お食事くらいだもんね」

女性はそう言うと、おぼんを持ち、「お昼ご飯楽しみにね」と言い病室を出て行った。

時刻は八時十分を過ぎたところ。まだまだ一日は長い。漫画もなければ雑誌もない。話し相手もいない。あるのは天井のポスターのみ。退屈だ。

――面会時間何時からか聞けばよかったな。

昼飯までまだ時間がある。何をして過ごそうかと思っていた時、村上医師が病室に入って来た。

「おはよう。よく眠れたかい？」

少し疲れた顔をしている。夜勤明けなのかもしれない。

「おはようございます。はい。とてもよく」

「そうか。薬も飲まなかったようだね」

カルテを見ながら、村上医師が言った。

「ええ。寝つけないなと思ったんですが、薬は怖くて」

「怖い？」

キョトンとした顔で、村上医師が聞き返した。俺は、深く頷いた。

「また、動けない身体になっちゃうんじゃないかって思って……」

右手を動かしながら、村上医師に言った。

「そうか。そうだったね」

村上医師は、二回頷いて見せると、ベッドの横に置かれたパイプ椅子に腰を下ろした。

「いろいろトラウマがあるとは思うが、与えられた薬でまた身体が動かなくなるという事はないよ。我慢してストレスを溜めてはかえって身体に悪い。辛い時は、正直に看護師なり医師なりに言いなさい」

「はい。あの」

「ん？」

「昨日、看護師さんから村上先生が説明してくれるって言われたんですが……。皆、いつ目覚めたのかって聞くんです。慣れないでしょ、とも……。どういう事なんでしょうか？」

「うん。それはね、もう少し落ち着いてから話すから」

「もう、落ち着いてます。お願いです。教えてください」

俺の哀願に、村上医師は困ったような顔をし、ポリポリとボールペンで頭を掻いた。

「とりあえず、検査結果を聞くのが先だ。もうすぐ看護師が迎えに来るから、車椅子で……。あ、昨日歩いてナースステーションへ行ったんだって？」

「はい。すみません。自宅に電話をかけたかったもので」

ペコリと頭を下げ、村上医師に謝罪した。村上医師は、首を横に振った。

「いや、いいんだよ。足、辛くなかったかい？」

優しい声だ。安心する。

「少し重く感じましたが、大丈夫です」

村上医師の質問に答える。

「そうか。若いもんな。回復も速い。リハビリ兼ねて、歩いてみようか？　介助もつけるから。歩くのが辛くなかったら、散歩してもいいし」

「外に出てもいいんですか？」

嬉しい。外に出る事なんて、もう二度とないと思っていた。

「あぁ、いいよ。陽の光に当たらないと、身体にも悪いからね。人間も動物だ。日光浴はとても大切なものなんだよ。君さえ大丈夫ならば、思いっきり外の空気を吸うといい。きっと、気分ももっと落ち着くし、気持ちいいと思うよ。あ、でも、無理はしないように。まだ走っちゃダメだよ」

「はい！　ありがとうございます！」

喜びから、一オクターブ高い声が出た。

「あの、面会時間って何時からなんですか？」

村上医師は、うんうんと頷いた。

「面会時間は十時からだが……」

腕時計を見ながら、村上医師が言った。

「そうですか。ありがとうございます」

「じゃあ、またあとで」

腰を上げ、村上医師は病室を出て行った。

すぐに看護師が来て、一階へと向かった。看護師が黄色いドアをノックする。

「はい」

という村上医師の声を聞いたあと、看護師はドアを開けた。室内には、俺のだと思われるレントゲン写真が光のボードの上に貼られていた。骨と内臓しか映っていなくて、自分では健康なのかそうでないのかわからない。

「座って」

村上医師がパイプ椅子を指差した。

大きなテーブルに合わせ並べられたパイプ椅子の一脚を引き、腰を下ろした。

大きな窓から陽の光が入っている。とても、気持ちいい。自分の病室にも窓はあるが、大きいとは言えない。これほど強い陽の光を浴びたのは、何ヶ月ぶりだろうか？

太陽に目を向ける。眩しさに目を細めていると、「眩しいかい？」と、村上医師が尋ねた。

「いいえ、太陽の光なんて久しぶりだから……」

満面の笑みを浮かべ言った。

「そうかそうか。歩くのは辛くなかった？」

「はい。全然」

村上医師はカルテに記入しながら言った。ボールペンがすらすらと動いている。俺は、ボールペンの動きをじっと見つめていた。

「よし、じゃあ散歩の許可を出そう。気分転換になるよ。介助は……」

と村上医師が言いかけたところで、首を横に振りながら答える。

「いえ、一人で平気です。なんともありませんでしたから」

村上医師は返答の代わりにニッと笑って頷いて見せた。

「で、検査の結果なんだけどね」

「はい」

「なんともないよ。健康体だ。じきに退院できる」

「本当ですか！」

「あぁ。もう少し、様子を見るために入院してもらうけどね」

カルテを捲りながら、村上医師が言った。

「はい！　ありがとうございます！」

礼を言い、頭を下げる。

「じゃあ、散歩でもしておいで」

村上医師が言った。

「あの……」

「ん？」

「説明は……」

村上医師が一呼吸置いた。

「今日はできない。すまないが、これから外来なんだ」

「そうなんですか……」

「大丈夫。明後日ちゃんと説明するから。明日って言ってあげたいんだが、明日は休みでね。明後日まで我慢してくれな？」

「はい」

明後日ならすぐだ。何がなんだかわからないが、俺は生きている。身体も動く。完治したのだ。

「自宅に電話してもいいですか？」

「あぁ～……」

村上医師が困った顔をした。

「ダメ……ですか……？」

村上医師が、小さく息を吐いた。

「う～ん。今、君の家には誰もいないんだよ」

「誰もいない？　どういう事ですか！」

ずいっと、身体を前に出し尋ねた。

――まさか、父さんや母さんに何かあったんじゃ……。俺の身体が回復しない事を苦に、自分たちを責め、自殺したんじゃ……。

最悪の考えが、頭をよぎる。不安そうな顔をする俺に、村上医師が言った。

「君の考えているような事じゃないさ。君のお父さんもお母さんも元気だ。ただ、いないんだ。それも、明後日説明するから」

明るい声だった。

「本当に、父と母に何かあったんじゃないですよね？　平気ですよね？　大丈夫なんですよね？」

心配は消えない。

「あぁ！　私が保証するよ！」

村上医師は胸を拳で叩いて見せた。今すぐにでも説明して欲しい。俺が入院しているのを知っている父さん母さんが、どこかに行くはずはない。

――まさか、医療費が払えなくて家を売ったのか？

そうとも考えられる。いや、それしか考えられなかった。引っ越しやら何やらで忙しいのだろうと。

「今すぐ、なんとか連絡を取れませんか？」

いてもたってもいられなくなり、村上医師に言った。両親がそんなに大変な目に遭っているのなら、自分も何かしたい。自分が原因なのだから。

「今は、無理なんだよ。明後日、ちゃんと説明するから。詳しく話せば、君もわかっないのだ。
いても、この調子じゃ教えてくれそうにない。明後日を待ち、村上医師から聞くしか
そう言うと、村上医師は立ち上がった。俺も、しぶしぶ立ち上がった。どんなに聞
てくれる。あ、もう外来の時間だ。申し訳ないね」

「じゃあ、病室戻りましょうか」

看護師が言った。俺は頷いた。

「ありがとうございました」

再び村上医師に礼を述べ、部屋を出た。廊下を歩きながら、ずっと両親の事を考え
ていた。もし、想像しているとおり家を売るはめになっていたなら、どれだけ謝罪を
すればいいのだろう。どれだけ働いたら、家を買ってやる事ができるだろう。

そんな事ばかり考えていた。

「暗くならないで大丈夫よ」

看護師が言った。

「はい」

「散歩でもして、気分転換してきなさい」

励ますように明るい口調で、看護師が言った。

「そうですね」

それでも、俺の声は暗かった。そんな俺に、看護師は小さく微笑んで見せた。

病室に帰るなり、棚の引き出しを開け千円札を取り出した。パジャマのポケットに入れ、病室を出た。外に出るため、エレベーターに乗り一階まで降りた。一階は、外来の患者でざわざわしていた。外への出口がわからない。会計のカウンターへ行く。

「あの、外で散歩したいんですが」

「ちょっと待ってくださいね」

黒縁眼鏡をかけた、六十代くらいの女性が、パソコンのキーボードを叩きながら言った。

「はい、なんでしょう?」

パソコンへの打ち込みが終わったのか、女性はパソコンから目を離し、俺に問いかけた。

「散歩をしたいんですが、出口がわからなくて……」

「先生の承諾は得てますか?」

「はい」

「そう。じゃあ、この先をずっとまっすぐ行ってください。そしたら、右手に売店がありますす。売店の奥を左に曲がったらすぐに自動ドアがありますので、そこを出たら右手の駐車場を右に曲がってください。裏庭に繋がってますよ」

「ありがとうございます」

女性に会釈し、言われた道を辿る。売店の横に公衆電話を発見し、急いで売店でテレカを買う。公衆電話にテレカを入れ、自宅の番号を押す。

プルルルル……プルルルル……。

一コール、二コール、三コール……。十五コールしても、誰も出ない。

――電話が繋がっているという事は、引っ越してないな。

少し安堵し、父さんの携帯に電話をする。しかし、『おかけになった電話番号は、この世界では使われておりません』とのアナウンスが流れた。

――この世界？

なんの事だかさっぱりわからない。急いで母さんの携帯に電話をする。しかし、またもや『おかけになった電話番号は、この世界では使われておりません』というアナウンスが流れた。

――なんだ？　この世界って……。

考えてみても、何もわからない。

――この世界とは？　なんだ？　このアナウンスは何を言っている？　いったい何が起きている？

疑問しか生じない。

裏庭に出て、周りの人間の様子を窺った。ツツジの花があちこちで咲いている。芝生の上を歩き、大きな木の下に設置されたベンチに座る。

車椅子に乗り、看護師の介助を受けながら庭を散歩する者。見舞いの人間につき添われ、散歩する者。ベンチで仲よく手を繋ぐ老夫婦。走り回る子供。

ボール遊びをしていた三歳くらいの子が、ボールを遠くに投げた。ボールは危うく杖をついている老婆に当たりそうになった。慌てて父親が老婆に謝罪し、子供に向かい言った。

「ダメだよ、父さん。ちゃんと僕に投げて」

――父さん?

耳を疑う。しかし、二十代後半であろう男性は、たしかにそう言った。子供は頬を膨らませている。

「だって、雅文(まさふみ)がちゃんと取らないからじゃんか!」

「父さんが遠くに投げるからだろ。自分の庭じゃないんだから、考えてよ」

「わかったよ。うるさい子だな」

子供が悪態をついた。

男性はやれやれといった顔をした。子供は、「早く投げろ!」と命令した。男性は、「遠くに投げないでね」と言いボールを投げた。子供はボールを拾いながら、「お前は昔からクソ真面目だ」と文句を言った。男性が苦笑した。異様な光景にしか見えない。最近は変わった名前が増えている。党山（とうさん）とか藤桟（とうさん）とか塔珊（とうさん）とかいう名前なのだろうか？　だとしても、なぜ子供が親に命令するのだ？　単に躾が悪いだけか？　それとも、他人の子供で、叱るに叱れないのか？

――生意気なガキ……。

子供を見つめていると、「お隣、いいですか？」という声がした。ハッとし、振り返る。

黒髪のロングヘア。大きな瞳は優しく、鼻筋の通った鼻に、淡いピンクの薄い唇。華奢な身体。ピンク色の上着に、白のミニスカート。足首が細く、履いているミュールがよく似合っている。歳は、きっと俺とそう変わらない。セレンに、どことなく似ていると思った。

「あ、ダメならいいんです。すみません」

申し訳なさそうに少女が言った。

「いえ、全然いいです！　どうぞ！」

慌てて少女に言う。少女が座れるように、右にずれた。少女はにっこりと微笑み、「ありがとう」と言った。笑顔が、最高にかわいかった。思わず見惚れる。少女と目が合う。

「風、気持ちいいですね」

少女が言った。爽やかな、心地いい風が吹いていた。

「そうですね」

恥ずかしくなり、少女から視線をそらして言った。

「おいくつなんですか？」

「え？」

突然の少女の質問に、聞き返す。少女は滑らかな口調で言った。

「お歳」

「あ、十六歳です」

「あら、私と近いんですね。私、先月十五歳になったばかりなんです」

少女は微笑んだ。ずいぶん落ち着いた子だな、と思った。女子のほうが、精神的にも肉体的にも成長が速いと聞いた事がある。それにしても、ずいぶん……。

子供が投げたボールが、少女の足元に転がった。少女はボールを拾い、こちらに走って来る子供に向かい投げた。子供は「ありがとう、お姉ちゃんよ」と言った。少女は微笑みながら頷いた。

「元気なお子さんですよね。私もあんな子供になりたい」

少女が言った。

――あんな子供になりたい？　あんな大人になりたいじゃなくて？

少女を見つめた。少女は俺の目を見つめ、「私、何歳になっても消極的で……。ダメね。もっと元気な子になっていかなくちゃ」と言った。

「女の人は、徐々に落ち着いて大人になっていくんだと思いますよ」

少女に向かい言った。少女は、俺の目を見つめた。やはり、どこか驚いた顔をしているように見受けられた。

「大人？　子供じゃなくて？」

少女が問うた。俺は、質問の意味が呑み込めなかった。

「え？　だって、成長したら大人になるでしょう？」

少女に問い返す。やはり、少女は驚いた顔をした。

「お産まれになって、どのくらい？」

「え？」

「この世界にお産まれになってどのくらい？」

「この世界？」

「ええ。逆世界にお産まれになってどのくらい？」

「逆世界？」

少女の言っている意味がわからない。言葉そのものがわからない。疑問だらけだったが、時間が経つにつれ、疑問はさらに疑問ばかりを生み、俺はパニックに陥っていた。

——なんだ？　逆世界って。

少女はしばし沈黙したあと、口を開いた。

「もしかして、まだ何も知らない？　この世界がどんなところなのかも、あなたがなぜここにいるのかも……」

「何も……知らない……」

「そう……。それなら仕方ないわね。私も初めは信じられなかったし戸惑ったから」

少女の言葉で、少しわかった気がした。

——ここは、異次元の世界なのか？　俺は、異次元の世界に迷い込んだのか？

だから、変な事ばかり起こるのか？

でも、事実は何も見えてこない。

「教えて！　ここはどこ？　この世界って何？　なんで俺はここにいる？　逆世界ってなんなんだ？」

少女の肩を摑んでいた。少女は少し困った顔をした。

「教えてよ！　逆世界って、何？」

俺の詰問に、黙っていた少女は口を開いた。

「逆世界とは、あの世の生命を終え、再び産まれる世界の事よ」

「あの世の生命を終え？　って事は、俺は死んだって事？　ここは死後の世界？」

「ええ。あなたは、あの世で死んだの。でも、死後の世界とはまた違うわ。天国や地獄があるわけじゃない。生まれ変わったというか……、上手く言えないけど、再び産まれたのよ。目覚めたって言ったほうがいいかしら」

「再び、産まれた？　目覚めた？　ごめん。意味が全くわからない。それでなんで、逆世界？」

少女の話を理解しようと努める。でも、聞けば聞くほどわからない。死後の世界ではない。だけど、死んでいる。『目覚めた』……。昨日からいろいろな人に尋ねられた言葉だ。

父さんや母さんの携帯で流れたアナウンスを思い出す。『この世界では使われておりません』……。

「お願い、教えて。もっと、詳しく！」

懇願するように少女へ言った。少女は、少し悩んだ様子を見せたあと、「そうね。このままじゃ辛いわよね。本当はお医者さまからちゃんと説明を受けたほうがいいんだけど、ここまで話してしまった私にも責任があるわ」と言い、説明を始めた。

「逆世界とは、あの世界……つまり、生きていた頃の世界ね。その世界で死んで、再び生まれ変わる世界の事を言うの。生まれ変わるって言うよりは、やっぱり目覚めたって言ったほうがいいと思う。死後の世界だって考える人もいるけど、さっきも言ったように天国や地獄があるわけじゃない。生きていた頃の世界と何も変わらないわ。一つを除いては。働かなきゃお金はもらえないし、学校ももちろんある。悪い事をすれば警察にも捕まる。もちろん、国境もあるわ」

「一つを除いてって？」

俺がそう問うと、少女は庭へと視線を移した。そして、あの子供を指差した。

「あの子とあの男性、何に見える？」

「何にって、親子？　それか、歳の離れた兄弟。あるいは、知人の子を面倒見ているお兄さんと子供？」

「たぶん、親子だわ。でも、どっちが親だと思う？」

「そりゃ、男性でしょ？」

即答した俺に、少女は首を横に振って見せた。

「子供がお父さん。男性が子供よ」

「は？　何言っているの？　なんで？　そんなわけないよ。だって……」

「逆世界って、言ったでしょう？」

「逆？」

少女は頷いた。そして、説明を始めた。

「そう。この世界ではね、生きていた世界で死んだ歳で産まれるの。そして、どんどん若返っていくのよ。大人へと成長していくんじゃなくて、子供へと成長していくの。だから、寿命も最初からわかってる。自分があの世界で得た年数しか、生きられない。でも、逆世界で死んでも、また年月が経てばあの世界……、子供から大人へと成長していく世界の事ね、その世界に産まれる事ができるわ。

ただ困った事は、この逆世界は、あの世界で死んだ場所で生まれ変わるの。だから、道で産まれる人もいれば、山で産まれる人もいる。海で産まれる人だっている。だから、この逆世界では、『救助カウンセラー』が毎日二十四時間態勢でパトロールしてるわ。あと、この逆世界では、あの世界の記憶を持ったままなの。だから、ちょっと複雑に見えるわ。再びあの世界へ生まれ変わった瞬間から、記憶は徐々に薄れていくんだけど。あの世界では、来世って呼んでいるものなんだけど。でも、赤ちゃんのうちは、ハッキリと逆世界の記憶が残っているってわけ。そして、成長と共に消えていき、あの世界に順応していくのよ」

「そんな世界が？」

驚きのあまり、変な声が出た。裏返ったような、かすれたような変な声。

「えぇ。信じられないかもしれないけど、あるのよ」

少女が俺の目を見つめて言った。信じられなかった。少女が冗談を言っているのかとも思った。だけど、少女の目は真剣だ。俺をからかっているような目じゃないし、そんな子にも思えない。

「じゃあ、家族には会えないんだね？」

寂しさが込み上げてきた。謝罪したかったのに。『ありがとう』と、『ごめんなさい』が言いたかったのに。

落ち込んだ顔をした俺に、少女は優しい口調で言った。ドテチンをなだめていた時の母さんのような口調だった。

「ご両親より先に死んでしまったのなら、残念だけど会える確率は少ないわ。ご両親は、あの世界で生きているんだから。ご両親が天寿をまっとうし、この世界に産まれたとしても、もうあなたは逆世界での寿命を使い果たしてしまっているかもしれないし……。でも、必ずまたご両親に会えるわ。あの世界へと生まれ変わって……」

「なんで？　そんなのおかしいよ。だって、またあの世界へ生まれ変わったら、前世の記憶もこの世界の記憶もなくしていくんでしょう？　だったら、他の人を好きになるかもしれないじゃん。そしたら、両親には会えない。たぶん、俺も産まれない」

疑問をぶつける。父さんの精子と母さんの卵子があってこそ、俺が産まれるのだ。父さんが母さん以外の女性と子供を作っても俺は産まれないし、母さんが父さん以外の男性と子供を作っても、俺は産まれない。

　頭を悩ます。そんな俺に、少女は小指を立たせ、俺の前に近づけた。

「運命の赤い糸って、知ってる？」

「あぁ……、運命の相手と見えない赤い糸で結ばれているって神話？」

　少女はにこっと笑った。

「神話じゃないわ。本当に存在するのよ。あの世界に再び生まれ変わっても、運命の相手と必ず結ばれるの。もちろん、お互いそんな事は知らない。もう、記憶をなくしているんだから。でも、必ず巡り会うの。そして、必ず結ばれる」

「そんな事あるわけないじゃん」

　俺を慰めるために、少女が作り話をしているのだと思い、否定した。しかし、少女は「本当にあるのよ」と言った。

「じゃあ、一生独身で通した人は？　生まれ変わっても一生独身？　永遠に？」

　少女に問う。俺の問いに、少女が首を横に振った。

「運命の人に巡り会うまで、生まれ変わり続ける。もしかしたら、逆世界で巡り会うかもしれない。いつ巡り会うのかはわからない。でも、必ず巡り会える。私はそう信じてる。そう信じないと、私が悲しいもん」

「なんで？」

少し俯いた少女に問うた。少女は呟くように言った。

「私がまだ、誰とも巡り会っていないから」

「嘘！　そんなにかわいいのに！」

思わず口にしてしまった。少女はきょとんとした顔をしたあと、ぷっと吹き出した。

そして、「ありがとう」と言った。赤面しているのがわかった。だけど、俺のほうが
赤面していたと思う。あの時の、ドテチンのように。

「名前、なんていうの？」

思いきって聞いてみた。少女は、「根元（ねもと）ナナ」と答えた。

「ナナちゃんか。かわいい名前だね」

「ありがとう。嬉しい。あなたの名前は？」

「白戸淳太郎」

「淳太郎さんね」

ナナが俺の名を呼んだ。

「淳太郎でいいよ。さんなんてつけられたら恥ずかしいからさ。ガラじゃないし」

ナナに言う。

「じゃあ、私もナナでいいよ。よろしくね、淳太郎」

ナナが恥ずかしそうに俺の名を呼んだ。俺も、ナナの名を呼ぶ。

「あぁ。よろしく、ナナ」

ナナと見つめ合う。そして、お互い照れ笑いを浮かべ、庭へと視線を移した。

ナナが説明してくれた事は、正直まだ理解できていない。でも、真実なんだと思った。

俺は、あの世界で自殺した。だって、息も止めたし、走馬灯も見ている。あの不思議な、まるで白い雲の上のような空間も……。

やはり、俺は死んだのだろう。

きっと今頃、父さんも母さんも悲しみに暮れている。死んで一ヶ月半以上経っているのだ。俺の身体は荼毘にふされ、墓に埋葬されているだろう。父さんと母さんに謝りたい。だけど、謝罪する手段がない。

――ごめん。

心の中でそう謝るしかできなかった。でもナナの話では、生まれ変わったら、また父さんと母さんの子供に産まれる事ができる。記憶は失せる。だけど、親孝行したい。絶対しよう。そう誓った。

――父さんと母さんの子供の姿、見たかったな。

ボールを投げる子供を見て、そんな考えも浮かんでしまった。でも、無理だ。

ネガティブにならないよう、ナナに問いかけた。

「聞いて、いい？」

「うん？」

「なんで、ずっと一人だったの？」

　出会ったばかりでこんな事を聞くのは失礼だと思ったが、これほどの美貌を持ったナナがなぜ独り身なのか、不思議でたまらなかった。あの世界でも、この逆世界でも、引く手あまただったろう。だって、ナナは美しいだけではなく、性格もいい。話していれば、ナナが優しい心の持ち主だとわかる。

　ナナは悲しそうに微笑み、静かな口調で答えた。

「人をね、信じられないの」

「信じられない？」

　ナナの言葉をオウム返しにする。ナナは俺の目を見、頷いたあと、自分の足元へと視線を移した。

「うん。愛した人がいても、怖くなるの。たとえその人と結ばれても、終わりが来たらどうしようって。好きだって言ってくれた人もたしかにいたわ。でも、怖いの。終わりが来るのが。本当に私を好きなのか、私にはわからない。その人の気持ちはわからない。だって、心は覗けないもの。だから、人を好きになると、不安になっちゃうの。本当に信じていいのか……。私はきっと、自分しか愛せない、恋愛失格者なのかもしれない。傷つくのが怖い。そんなの皆同じなのに……。でも、どうしても逃げちゃうの」

　自分を責めるように、ナナが言った。そんなナナの瞳は、悲しみに満ちていた。口元には小さな笑みを浮かべていたが、笑みを浮かべて話すぶん、痛々しく見えた。

「ただ、出会ってないだけじゃん？」

「え？」

「本当に好きになれる人に。単にナナは、まだ出会ってないだけなんじゃん？　恋愛失格者でもなんでもないと思うよ？　俺もそんな偉そうな事言えないけどさ、本当に好きになっちゃったら、自分で止めようとしても、その人の事好きになっちゃうもんだよ。その人の事信じちゃうもんだよ。たぶん、きっとそういうもんだよ。だから、絶対現れるよ。ナナを虜にしちゃうような王子様」

　恋愛経験が豊富ではない俺が言っても説得力がないだろうと思ったが、俺自身、そう信じていた。だから、嘘ではない。これは、希望だ。

　傷つくのは誰だって怖い。恋愛なんて、一番傷つく可能性の高いものだ。だけどきっと、それでもひかれてしまうんだろうと思う。自分の気持ちを止められないほど、愛しい人に。そして、その人を思うだけ、その人を知るだけ、愛の度合が深まっていき、『自分より大事な存在』になっていくのだろう。それは、恋愛だけではなく、家族でも同じだと思う。自分の身を犠牲にしてでも、守り抜きたい者はいずれ出てくる。でも、それは幸せな事だ。愛せるって事は、幸せな事なんだ。

「ありがとう」

ナナが言った。俺は、返答の代わりに頷いて見せた。

その後、しばらくナナと庭を眺めていた。久しぶりに浴びる光に、身体が満足しているのがわかる。太陽の光というのは、生物にとって必要不可欠なものだと知った。日の光の重要さが、身に沁みてわかる。荒立った心が、穏やかになっていく。それが、実感できる。目を閉じ、数回深呼吸を繰り返す。穏やかさが、増す。

「じゃあ、私そろそろ。ありがとう。楽しかった」

ナナが腰を上げた。

「ここに入院してるの？」

即座にナナへ問う。

「ううん。風邪気味だったからお薬もらいに来ただけ。あんまり天気がよかったから、ちょっと日向ぼっこしたくなっちゃって」

ナナは処方された薬を見せ、言った。

「そっか……」

もう、会えないのだろうか？　なぜか、とても寂しい。

　――――なんだろう？　この気持ち。

　ナナともっと一緒にいたいと思った。また会いたいと強く願った。きっと、この世界の事を教えてくれたナナが心にすり込まれてしまったのかもしれない。だって、ナナがいなくなったら、この世界の事、誰がこんなに詳しく教えてくれる？　村上医師が説明してくれると言っていたが、きっと淡々としたものだと思う。ここまで詳しく語り合えるのは、ナナだけだと思った。

「淳太郎は、この病院に入院してるんだよね？」

「あ、うん」

「何号室？　明日、お見舞い行くよ」

「マジで！」

　思わず立ち上がった。そんな俺を見て、ナナがクスクス笑った。恥ずかしくなり、慌てて座る。ナナの目が見られない。

「で？　何号室？」

「あ、３０１号室」

　ナナの顔を見られないまま、答えた。

「了解。あ、何か差し入れ持って行こうか？」

「いいよいいよ。来てくれるだけで、ホント。マジで、嬉しいから……」

掌を左右に振りながら言った。赤面しているのがわかる。顔だけじゃない。耳まで熱い。慌てた素振りを見せた俺を見て、再びナナはクスクスと笑った。

「じゃ、明日ね」

ナナが言った。俺は「うん」と小さく応えた。ナナが俺に背を向ける。だんだんと遠のいていくナナの後ろ姿を、ずっと見つめていた。そんな俺の視線に気づいたのか、ナナが振り返った。そして、小さくバイバイをした。俺も慌ててバイバイをした。きっと、顔がにやけている。ナナは再び背を向け、歩き出した。ナナの姿が見えなくなった。

俺は、ナナの座っていたベンチを見つめた。そして、太陽を見た。すがすがしい気持ちだった。まだ、頭の中は整理できていない。この逆世界というものがなんなのか、まだわからない。両親の事を考えれば胸も痛い。だが、なぜかすがすがしかった。

ナナの説明を聞き、一つだけ安心した事があるからかもしれない。

俺は、十六歳で死んだ。だけど、アイツらはまだあの世界で生きている。きっと、まだまだ生きるだろう。ああいう奴らに限って、長生きする。でも、そう、会わなくてすむんだ。もう二度とアイツらの顔を見なくてすむ。

安心していた。ほっとしていた。もう、地獄を見なくてすむのだから……。

翌日、約束どおりナナは病室を訪ねてきた。綺麗な花、あの、玄関に飾ってあったあの花を持って。

「その花、なんて名前？」

俺は、開口一番尋ねた。ナナは花を撫でながら、「ガーベラよ」と答えた。

「ガーベラ」

「そう、ガーベラ。私が一番好きな花なんだ。かわいいでしょ？」

「うん。かわいい。すごく」

心の中のモヤモヤが、一つ解消された。俺はナナから一本ガーベラを受け取り、匂いを嗅いだ。ほのかに甘い匂い。あの日、玄関に漂っていた匂い。

「あ、綺麗なポスター」

天井のポスターを指差し、ナナが言った。

「うん。あの世界で母さんが貼ってくれたんだ。俺、身体が動かなかったから」

「動かなかった？」

「うん。動かなかったんだ」

「そっか」

ナナはそれ以上何も問わなかった。正直、ありがたかった。もし、問われていたら、答えていたら、ナナはなんて思うだろう？　命を粗末にした俺を、嫌うかもしれない。ナナに問われれば、事実を話す。だけど、ナナに嫌われたくなかった。だから、ナナが問わないでくれてありがたかった。

　立っているままのナナを見、ハッとする。

「あ、ごめん。気が利かなかった。座って」

　起き上がり、パイプ椅子を広げる。

「あ、寝てて？　自分でできる」

「いいよ。健康体って言われたし」

「そっか。よかったね」

　ナナが微笑んだ。

「うん、あ、聞きたいんだけど、なんで検査するの？　この世界に産まれた人間は、健康なんじゃないの？」

　考えてみたらおかしい。俺は回復した状態で生まれ変わったのだ。なぜ、検査の必要があるのか。

「うん。あのね、中には、あの世界で死んじゃった時のまま産まれちゃう人もいるの。例えば心臓病で死んじゃった人が、この逆世界で産まれた時、やっぱり心臓病を持ってたりとか。だから、検査を受けて健康かどうか確かめなきゃならないみたい」

「そっか。もしかしたら、俺も動けないままこの世界に産まれちゃったのかもしれないんだ？」

「うん。でも、よかったね。健康に産まれることができて」

「あぁ。ホント」

指先を動かす。もう、癖になっているみたいだ。

「あ、ナナは？　そう言えば、聞いてなかったね。逆世界に産まれてどのくらい？」

「私？　私は六十六年目。八十一歳まで生きたから。でも、この世界が逆世界でよかった。どんどん若くなれるなんて、女の子としてみればやっぱり嬉しいもん。それに……」

「それに？」

「淳太郎にも会えたし。逆世界じゃなかったら、こうしてお友達にもなれなかったでしょ。だって、もし逆世界じゃなかったら、私八十一歳のおばあちゃんだもん」

ナナの微笑みは本当にかわいい。癒される。ナナの存在に癒されている俺がいる。

「ナナだったら、おばあちゃんでもかわいいと思うよ」

「そんなわけないよ。手も顔もしわしわなんだよ～」

声を出し、ナナが笑った。

「きっと、かわいいおばあちゃんだよ」

「照れるからそれ以上おべっか言わないで」

掌で顔を扇ぎながら、ナナが言う。そんな仕草もまたかわいい。

「不思議だな。淳太郎にはなんでも話せちゃう」

「ははっ。きっと、俺が男っぽくないから、男性として意識しないですむんだよ」

「そんな事ないよ！　淳太郎、男っぽいよ！　優しいし」

「ありがと」

微笑み合う。何か、ナナといると微笑んでばかりだと思う。だけど、微笑む事ができるなんて幸せだ。あの日から、俺がいじめられっ子になってから、こんなふうに微笑む事なんてできなかったのだから。

声を出して笑えるのは、人間だけだという。涙を流して泣くのも、人間だけだという。同じ、『人間にしかできない事』ならば、笑っていたい。一回でも多く。ナナに会い、そう思った。

その日、ナナとは他愛のない話で盛り上がった。大人から子供へと成長するこの逆世界では、皆生まれた時から精神年齢が高いため、いじめもあの世界より遥かに少ないだろうとナナは言った。それを聞いて、俺は「素晴らしいね」と言った。本心だった。

その他、ナナはいろいろな話をした。今、同じ横浜に住んでいる事。両親を早くに亡くしてしまったため、もう逆世界に両親はいない事。リボンとフリルの似合う、かわいい女の子になりたい事。やっぱり信じる事はできないけど、傷つく事が怖いけど、いつか巡り会えるであろう王子様を待っている事……。美容雑誌を見せてもくれた。老人から若返った二十歳くらいの女性が、満面の笑みで表紙を飾っていた。笑ってばかりだった。話題が尽きる事はなかった。そして、突然ナナが小さな声で言った。

「でも、淳太郎に会って、少し人を信じる事ができるようになった。だって、私きっと、淳太郎を信じている」

そう言った。その言葉を聞き、喜びが胸に広がった。そんなナナを抱きしめたくなった。そして、そんな感情に戸惑う自分がいた。

――もしかして、ナナに惚れたか？　でも、まだ出会ってたったの二日。それなのに？

自分で自分の気持ちがわからなかった。今まで女に惚れた事など、二～三度しかない。告白された事は数回あるが、自分がその子を好きになれるかもわからないのにつき合うのは失礼だと思い、全て断っていた。彼女を持ったことは一度もなかった。だけど、それでいいと思っていた。相思相愛になれたら、その時初めてつき合えばいいのだと。だから、モテようとした事はあまりないように思う。でも、オシャレは好きだった。だから、憧れのタレントの髪形を真似たり、茶髪にしたりもした。だけど、女にモテようと思ってやった事はないように思う。中学の頃、セレンに自分をアピールしたくて、何回も髪をかき上げたりはしたが……。

だけど、ナナには自分を好きになって欲しいと思っている。もし、この先ナナに会えなくなると言われたらすごく寂しいし、悲しい。ナナにはたくさん笑って欲しいとも思う。俺がナナを笑わせたいとも思う。そして、何より「守ってやりたい」と思う。

――きっと、惚れたな。

わずかながらに自覚した。そして、ドテチンに紹介してやりたいと思った。きっと、惚れ惚れするはずだ。ドテチンの言うとおり、俺達は趣味が似てるから。でも、雅ちゃんに怒られるか。

面会時間終了の時刻になり、ナナは腰を上げた。面会開始時間の午前十時から、午後六時まで、八時間もいてくれた。それだけでも、嬉しかった。まだまだ話し足りないなと思っていた俺に、ナナが言った。

「また、明日も来ていい？」

「マジで！」

小さくガッツポーズをする。ナナは「淳太郎と話してると楽しくて」と言った。またまた、ガッツポーズをした。

「今日と同じ時間くらいがいいのかな？」

「うん！」

そう答えたあと、ハッと思い出した。

「あ、ごめん。午前中はいないかも。明日、村上先生から説明受けるんだ。たぶん、午前中はドタバタしてると思う……」

「説明？」

「うん。この世界の事、まだ知らされてないから」

「そっか。そうだったね。よかったのかな……。私が話しちゃって」

ナナが戸惑った顔をした。

「よかったんだよ！　俺、ナナからじゃないと、ちゃんと話聞けなかったと思う。聞いても理解なんてできなかったろうし。感謝してる」

「なら、よかった」

ほっとした顔をし、「じゃあ、また明日ね」、そう言いナナは病室を出て行った。

翌日、朝食を食べ終わりのんびりしているところに、村上医師がやって来た。

「どう？　気分は？」

カルテに何やら記入しながら、村上医師が問うた。

「ええ。いいです」

「そう、よかった。明日には退院できると思うよ」

「そうですか。よかった」

村上医師は、パイプ椅子を出し、腰を下ろした。

「でも、その前に君に説明しなきゃな。なぜ、この世界に来たのか。この世界がなんなのか」

カルテを膝の上に置き、村上医師が言った。俺は頷いた。

「はい。でも、もう知ってます」

「知ってる？」

村上医師が驚いた声を出した。それはそうであろう。

「実は、友達に聞いたんです」

俺は答えた。

「友達？　もう友達ができたのかい？」

村上医師はますます驚いた顔をした。

「はい」

「そうかぁ～。それはよかった」

掌をパンッと合わせ、村上医師が言った。

「友達を作るのは大事な事だ。心の支えになる。友達は大事だからね」

「はい。それはあの世界で痛いほど知っています」

「そうだったね」

村上医師はカルテを手にし、捲った。

「で、退院したあとだが」

「はい」

「君の家はちゃんとある。元いた世界と同じ場所に、同じ形で」

「そうなんですか。俺はそこに帰れるんですね？」

「あぁ。君の家だからな」

「あの、お金はどうすればいいんですか？」

村上医師は、うんうんと二回頷いた。二回頷くのは、村上医師の癖らしい。

「あの世界で君のご両親が稼いでくれたお金が、君が使えるお金だ」

「家の貯金ですか？」

「あぁ。通帳を銀行に持っていって、名前と住所を記入し、指紋を照合すればお金は引き出せる。銀行にも、ちゃんとデータがあるからね。でも、貯金が尽きてしまえば、もうお金はない。君の家の貯金がいくらあるかは知らないが、足りないようならアルバイトなどをしなくちゃいけないね」

村上医師は俺の目を見て言った。一つの疑問が生じる。

「あの、そのお金を使っちゃったら、両親がこの世界に産まれた時、両親はどうなるんでしょう？」

村上医師は目をつむり、うんうんと頷いた。

「そこが難しい問題なんだ。君が全財産使い果たしてしまえば、ご両親は一文なしだ。だから、ある程度困らない額を残してあげるのがベストだね」

そうか。たしかに金は湧き出るものではない。使えばなくなる。働けば増える。

――なるべく、自分の稼いだ金だけで生きよう。

金はあっても腐るものでもない。できれば、増やしておいてあげたい。

「あの、あの世界とコミュニケーションを取る方法なんて、ないですよね？」

ダメもとで村上医師に尋ねた。

「あぁ、ないと思っていたほうが正しい。中には元の世界に思い入れが強く、なんらかの形で向こうの世界に行く人もたまにいるが、向こうの世界でもその人が見える人ってのは少ないし、見えると恐れられてしまう。向こうの世界の人は、逆世界が存在するなんて知らないからね。きっと、あの世界で『幽霊』と呼ばれているのが、この世界の人間が向こうの世界に行った時に見られた姿なんだろうね。まぁ、これは私なりの解釈だが」

「いえ、そう思います。俺も」

同意した俺に、村上医師が微笑んだ。逆世界に来て思う事は、皆よく笑みを浮かべるな、という事。きっと、向こうの世界より平和なのだろう。そう思う。

「だいたいはわかったかな？　まだ慣れないと思うけど、じきに慣れてくる。それまでは、不安も大きいと思うが、ここは第二の君の人生のスタートだ。頑張って！」

村上医師が手を差し伸べた。即座に右手を差し出し、握手をする。

「何か困った事があったら、いつでも来なさい。カウンセラーもいる。君は独りじゃない」

「はい。ありがとうございます」

村上医師は、二回頷いた。やはり、癖のようだ。

「あ、そう言えば、土手川崇くんって知ってるかい？」

思い出したように村上医師が言った。

「はい。親友ですが」

「そうかそうか。いや、偶然ってあるものだね」

「ドテチンを知っているんですか？」

上ずった声が出た。この逆世界で、ドテチンを知っている人がいるとは。

「君が目覚めた時、土手川という先生が来たのを覚えているかい？」

「はい」

先生ごっこをやっているのだと思った、あの子供だ。俺は頷きながら答えた。

「もしかして、ドテチンの？」

「あぁ。土手川崇くんの曾爺さんに当たるそうだ。すごい偶然だね」

村上医師はにこやかに微笑んだ。微笑むと、目が線になる。そこがまた優しそうな雰囲気を醸し出す。

「そうだったんですか。なんか、嬉しいです。アイツの曾爺さんに会えるなんて」

心に温かい風が吹いた。ドテチンの顔が浮かぶ。

「きっと、また生まれ変わっても君達は親友になるだろう。記憶は失うが、いつか話してやりなさい」

そう言い、村上医師は笑った。

「そうですね。アイツに会えるのも、楽しみです」

「じゃあ、第二の人生を、大事にな」

「はい！」

力一杯声を出した。明るい声が出た。なんだか、前向きになれた気がした。

村上医師は腰を上げ、「じゃあ」と言って病室を出て行った。

午後一時を回った頃、ナナが病室を訪ねてきた。

「ありがとう。来てくれて」

「うん。先生、ちゃんと説明してくれた？」

「あぁ。俺、明日退院らしいからさ、家帰って少し落ち着いたら仕事探すよ」

「そっか。明日退院なんだね。おめでとう」

ナナが、かすみ草を差し出した。

「この花も、かわいいよね。あ、かすみ草っていうくらいだから、草なのかな？　白くて小さなお花がついてるけど」

「どうだろう。草なのかもしれないね。でも、花って事でもいいんじゃないかな？　実際花がついてるわけだし」

「そうね」

白い花を触りながら、ナナが言った。

「ナナ、あの、お願いが……、あるんだけど」

「お願い？　何？」

かすみ草から目を離し、ナナが問うた。言おうか言うまいか、昨夜からずっと悩んでいた。でも、言わなきゃ後悔する。そう思った。勇気を振り絞る。ナナにバレないように深呼吸し、静かな声で言った。

「俺が退院しても、会ってくれる？」

ナナの瞳を見つめる。ナナの瞳に俺が映っている。ナナも俺の目を見つめている。ドキドキしている。心臓が一回り大きくなったのではないか？　そんな気がした。

「もちろんよ」

ナナが答えた。

「淳太郎、ここ退院したら私と会わないつもりだったの？」

少し寂しそうな顔をし、ナナが言った。

「違う違う」

慌てて否定する。誤解されたらたまらない。

「じゃあなんで？　私と友達になるの嫌？」

「いや、そうじゃなくて、なんて言うか、こんな俺なんかでも望みあったりすんのかな、なんて考えたり……」

「望み？」

きょとんとした顔をし、ナナが聞き返す。俺は、思い切って告白した。

「ナナが、好きだから。会えなくなるのは、寂しいんだ。できる事なら、毎日でも会いたいよ」

ナナが、驚いた顔をした。そして、だんだんと困惑した顔になっていった。

「ねぇ、淳太郎。たった三日で人を好きになるなんて事があると思う？」

その言葉は、『そんなのは愛じゃない』と言っているように聴こえた。俺は、つたない言葉で、でも正直にナナへ今の気持ちを伝えた。

「正直言うと、俺にもわからないんだ。だけど、ナナを好きだっていう気持ちは嘘じゃない。間違っていないと思う。ナナといると安心するし、ナナに出会えてよかったって思うし、ナナに笑っていて欲しいと思う。何より、ナナを守りたいって思うんだ。ナナの幸せを遠くから祈ってるんじゃなくて、もっと身近で、できれば俺が、ナナを幸せにしたいと思う。これって、愛でしょ？」

問いかけるようにナナに言った。上手く伝わったかはわからない。たぶん、伝わらなかった。ナナはどんどん困惑した顔になっていく。

病室内に沈黙が生まれた。

――早まったかな。もっと時間をおいてから言うべきだったかな。軽い男だと思われただろうか？

でも、言わずにはいられなかった。

俺はかすみ草を見つめていた。ナナの顔を見るのが、なんだか怖かった。きっと、ますます困惑した顔になっている。もしかしたら、軽薄な男だと思われているかもしれない。『さよなら』なんて言われちゃうかもしれない。

告白した事を、早くも後悔していた。

長い長い沈黙。気まずい。何か口にしようと思ったが、何を言っていいのかわからない。

『本当だよナナ。嘘じゃないんだ』、そう言おうとしたが、先に沈黙を破ったのは、ナナだった。

「愛なのかも……しれない」

ナナが呟いた。俺は、ナナへと視線を移した。ナナは口元に親指を当て、下を向き何やら考えているような素振りを見せている。そして、再び同じ言葉を発した。

「愛なのかも……しれない」

「ん?」

「私のこの想いも、もしかしたら愛なのかもしれない」

自信なさそうに、でも、ハッキリと、ナナは言った。

「私も、淳太郎といると安心するの。淳太郎といると、幸せになれるの。淳太郎に会いたいと思うの。淳太郎が笑えば嬉しいし、私も一緒に笑いたいと思うの。それで……」

「それで?」

優しく、ナナに聞いた。ナナは顔中を真っ赤に染めながら、ぼそりと呟いた。今にも消え入りそうな声だった。でも、俺は聞き逃さなかった。

「抱きしめて……欲しいと思うの……」

俺はナナを抱きしめた。強く。強く。ナナが、俺の背中に手を回す。ナナの身体が震えている。ナナの髪を撫でる。

「抱きしめたいと思ってた」

ナナの身体を少し離し、瞳を見つめた。ナナは俺から目を逸らした。

「こっち見て？」

ナナに言う。ナナが、恥ずかしそうに俺の目を見つめる。俺は、ナナにキスをした。

ナナの身体が、一回ビクッと震えた。そんなナナが、愛おしくてたまらなかった。

これが愛なのだと思った。本物の愛を知った時、俺は……、狂おしいほどこの華奢な身体を俺だけのものにしたいと思った。守り抜きたい。ナナを。どんな事からも、ナナを。

ずっと、ナナを抱きしめていた。ナナは、「安心する」と呟いた。そんなナナの髪を、そっと撫で続けた。愛おしい。ナナのためならなんでもできる。なんでもする。ナナが喜んでくれるのなら。幸せになってくれるのなら。たとえ、ナナが俺を愛してくれなくなっても、俺は愛し続ける。ずっと、ずっと、生まれ変わっても……。どこにいても見つけ出す。どんな事をしてでも捜し出す。そして、また愛す。

ナナを。

ナナだけを。

何度でも。

「こんな事、あるとは思わなかった」

ナナが言った。

「うん。たった三日で人を愛してしまう事。そんなの、小説や映画の中だけだと思ってた。まだ、信じられない」

　俺は、何も言わずにナナの髪を撫で続けた。

　何度も何度もキスをする。

　抱きしめる。キスをする。

　抱きしめる。キスをする。

　繰り返す。

　温かい時間。穏やかな時間。温もりの時間。

「明日、退院なんだよね？　お祝いしなきゃね」

　ナナが言った。

「会えればそれでいい」

　本音だ。

「私も、会えればいい」

　ナナが言った。

「守るから」

　ナナに言う。


「こんな事？」

「私もあなたを守るから」

ナナの言葉。

「ナナが？」

「うん。私が」

「頼もしいな」

笑った俺に、ふくれっ面でナナが言う。

「本当よ。これでも結構力持ちなんだから！」

「マジで？　どのくらい？」

「んっとね、たぶんベッドとかも持ち上げられちゃう！」

真顔で言うナナ。

「マジで？」

「うん！　頑張ればなんとか！」

「すっげぇ～。怪力だね！」

俺は笑った。

「失礼ねぇ～！　レディーに向かって！」

ナナがペシンと俺の腕を叩いた。

「ナナ、言ってる事矛盾してる」

「あ、本当だ」

あはははっと、腹を抱えて笑った。ナナも、腹を抱えている。

「お腹いた〜い！　笑いすぎだよねぇ〜。でも、おかしい〜。だけど、すっごくすっごく楽しい！」

涙目になった目を擦りながら、ナナが言う。

「笑えるってのは、幸せな事だからいいんだよ」

「だね」

目が合えばまた笑う。一秒ごとに、ナナへの愛が強まってゆく。きっと、十六年の寿命でよかったのだろう。だって、それ以上あったら、愛に狂ってしまうから。

その日、俺はずっとずっとナナを抱きしめていた。

翌日、俺は退院を許可された。

「退院おめでとう」

ナナは手作りのチーズケーキを持ってやって来た。

「もう帰る？」

「あ、村上先生と看護師さんにお礼言ってから」

「そうね。じゃあ私、下で待ってるよ」

「いや、すぐすむから一緒に来て？」

うか？

「うん？」

ナナを村上医師に紹介したかった。見せびらかしたかったと言ったほうが正解だろ
病室をあとにし、ナースステーションに向かった。

「あの、３０１号室の白戸淳太郎です。今日退院です。お世話になりました」

看護師に礼を述べる。

「あら～、白戸さん、今日退院？」

師長が出て来た。

「あ、はい！　本当にお世話になりました！」

「ううん～。よかったわね。命、大事にね？」

「はい」

師長が満面の笑みを浮かべた。

「白戸さん、おめでとう」

小野看護師が俺の肩をぽんっと軽く叩いた。

「ありがとうございました」

頭を下げる。

「あら、お友達？」

小野看護師がナナを見た。ナナはぺこんとお辞儀をした。

「えっと、あの、彼女です」

「え！　彼女ができたの？」

「はい」

ナナと目を合わす。お互い、照れ笑い。

「まぁまぁ、かわいい彼女さんねぇ」

師長が言った。

「きっと、巡り会えたのね」

師長にそう言われると、ナナが運命の相手だと証明されたように感じる。

「お幸せに」

小野看護師が俺らに言った。俺とナナは「ありがとうございます」と言って笑った。

「あの、村上先生にはお会いできますか？　お礼を言いたいんです」

「村上先生、村上先生……」

師長がナースステーションの中にある大きなホワイトボードを見ながら、確認する。

「あら、今日は午後からだわ。残念ね。また、顔見せに来てあげて？　私からも白戸さんがお礼言いたがってたって伝えておくから。あと、素敵な彼女ができたことも！」

「はい。ありがとうございます。本当にお世話になったんで。あ、あと……」

「ん？」

「土手川先生にも、よろしくお伝えください」

「えぇぇぇ、伺ってるわ。伝えておくわね」

「はい。お願いします」

「じゃあ、気をつけて帰ってね。また、何かあったらすぐにいらっしゃいね？」

「はい！」

再び頭を下げ、ナースステーションをあとにした。

ナナと手を繋ぐ。病院を出て、駅まで向かう。電車に乗り、鶴見駅到着。バスターミナルに向かい、一の瀬行きのバスに乗る。後ろの二人がけの座席に並んで座る。

「ナナの家って下末吉だよね？　あのさ、俺ん家上末吉なんだ。俺ん家寄ってって？　チーズケーキ家で食べよ？」

「うん。淳太郎のお家ってマンション？」

「ううん。一戸建て。俺が小学六年生の頃、父さんが無理して建てたんだ」

「そうなんだ。どんな感じのお家？」

楽しそうにナナが問う。俺も楽しそうに答える。ナナといるだけで楽しいのだ。

「う〜ん、普通だよ。でも、庭先は花でいっぱい。母さんが好きだから」

「素敵ね。どんなお花？」

興味しんしんといった感じで、ナナが質問する。

「ラベンダーが咲いてる。庭にはハナミズキが植えてあるよ」

「楽しみ」

ナナは満面の笑みを浮かべた。ナナも母さん同様、本当に花が大好きなんだと思った。

『次は、上末吉。上末吉です』

車内にアナウンスが流れた。ブザーを押す。

上末吉に到着し、帰路を歩く。ずっとナナと手を繋いでいる。

「風、気持ちいい」

髪を撫でるような優しい風に、ナナが言った。

「もうすぐ夏だもんな。暑くなるね」

「うん。でも、私、夏が一番好き」

「そうなんだ？　スイカが好物とか？」

「スイカも好きだけど」

クスクスとナナが笑う。

「じゃあ、何？」

「うん。あさがおがね、朝咲くでしょう？　それを見るのが大好きなの。蟬の声とマッチしてるでしょう？　なんか、すごい好きなの。淳太郎は？」

「う〜ん。冬……かな？」

　考え、返答した。

「冬？　雪が好きとか？」

「いや、クリスマスが好きなんだ。あの、世界中皆がウキウキするのって、クリスマスだと思う。お正月もそうかもしれないけど、俺は雰囲気的にクリスマスだと思う」

「じゃあ、クリスマスプレゼントとか期待してた人？」

「うん。サンタが父さんだって知った時は、マジで凹んだ。騙された！って思って涙目になったね」

　ふふふっとナナが笑う。

「でも、サンタは本当にいるかもしれないよ？　ただ、巡り会っていないだけで」

「だといいね」

　きっと、ナナはロマンチストなんだろう。でも、たぶん俺もそうだ。だから、惹かれ合うのかもしれない。

　自宅に着き、家を眺める。もう、二度と帰って来られないと思っていたのに……。今、目の前にある。父さんと母さんと三人で暮らした、思い出のいっぱいあるこの家が。

「本当だ。ラベンダーがいい香り」

ナナがラベンダーの側へ行き、香りを嗅いだ。

「でしょ？」

「ハナミズキは？」

振り返り、ナナが尋ねる。

「庭。そこに植えてある木、わかる？」

「うん。初めて見た。もう少し早ければ、ピンクの花が見られたわね」

「あぁ、そう言えば、咲いてたな」

ポーチを開け、玄関に向かう。二番目に置いてある植木鉢を持ち上げ、鍵を取る。昔から、家族しか知らない隠し場所だ。父さんは、『泥棒が入るからやめろ』って怒ってたけど。

鍵を開け、ナナを玄関に招き入れる。ガーベラは、もうそこにはなかった。

「おじゃましま〜す」

「どうぞどうぞ」

リビングにナナを招く。

木製の大きなダイニングテーブルの上には、花柄のテーブルクロスが敷かれている。65インチの大きな液晶テレビは、父さんが野球を楽しみたいために母さんの承諾を得ないで買ったものだ。届いた時、母さんは『相談もしないで！』と父さんに怒っていた。父さんは苦笑いを浮かべ、『すまんすまん』と謝った。母さんは、『まったく！』と小言を言った。

白いソファーに観葉植物。白いカーテン。何も、変わってない。

キッチンから包丁と皿、フォークを持ち出し、ナナの焼いてくれたチーズケーキを切る。皿に載せ、ナナにフォークを手渡す。

「いただきます」

「どうぞ」

ナナが言った。

一口サイズにし、口へ運ぶ。まろやかな甘味とコクが口内に広がった。

「うっめ～！　マジで作ったの？」

「うん。よかった。お口に合って」

「ありがとう。マジでうまいわ！」

一切れを一気に食べ、二切れ目、三切れ目とチーズケーキを堪能した。ナナは、チーズケーキを食べる俺を嬉しそうに見つめていた。

食べ終えると、自室に招いた。ドアを開けたが、やはり何も変わっていなかった。

勉強机、パソコン、ベッドにＭＤプレーヤー、20インチの小さなテレビ。本棚には、少年漫画。少しだけ参考書。

「ここが淳太郎のお部屋？」

「うん。狭いけどね。六畳ちょっとだから。ベッドに座って？　フローリングだから、床だと足痛いっしょ？」

「うん。ありがとう」

　ナナがベッドに座る。座った瞬間、ナナが言った。

「なんか、ふわふわ……。っていうか、ぷよぷよ？」

「あぁ、ウォーターベッドだから。コレだけはすっげぇ欲しくてさ。もう、頼みに頼んで買ってもらったの。なかなかお許し出なかったけどね。誕生日プレゼント我慢したら、クリスマスプレゼントもかねて買ってくれた」

「初めて座った……」

　ナナはウォーターベッドの上で、何度も立ったり座ったりを繰り返した。俺も、届いた当初は同じ事をしたのを思い出し、おかしくなった。

　ナナの隣に座り、しばらく他愛ない会話をし、唇を重ねた。抱きしめる手が震える。ナナの何もかもが欲しくてたまらない。キス。キス。キス。

　ナナの身体を押し倒す。ナナは、俺に身を任せた。激しいキスを繰り返し、俺はナナを抱いた。

　初めてだった俺のＳＥＸは、やはりどこかギクシャクしていた。でも、欲望のまま、思いのまま、ナナを抱いた。ナナの身体と俺の身体が一つになる。ナナは、瞳に涙を浮かべ、「やっと出会えた」と言った。俺は、そんなナナにキスで返事をした。服を身につけないまま、しばらくベッドで横になっていた。ナナは小さく、「ありがとう」と言った。俺はそんなナナへ激しい愛情を抱いた。

その日、ナナが帰ったあとも、俺はずっと肌に残る感触に酔いしれていた。

もしかしたら、ナナと出会うために、俺は死んだのかもしれないと思った。アイツらに会ったのも、あの地獄の日々も、自殺をした事も、全てはナナに会うためではないかと……。あの苦しみは、ナナに会うための試練であったのではないだろうかと。だとしたら、きっと、この先の俺には幸せしかない。俺とナナには、幸せしかないのだと、そう思った。だって、あれほどの苦しみを与えられたんだから……。昔、何かの本で読んだことがある。苦しみと幸せは同じ数だけあると。

――――きっと、俺は苦しみを全て使い果たしたんだ。あとは、幸せになるだけだ。俺も、ナナも。

そんなのは、都合のいい考えだろうか？　でも、そう思いたかった。

そう、思いたかったのに……。

翌日、電話のベルで目が覚めた。寝ぼけ眼で受話器を取る。

「はい」

俺の返答を聞くと、村上医師の声がした。

「白戸君だね？」

「はい。村上先生ですか？」

「あぁ、そうだ。急いで病院へ来なさい」

村上医師の声は、酷く慌てていた。

「あの、検査結果に何か間違いでも？」

「そうじゃない！　君のお父さんとお母さんが産まれた！」

「父と母が⁉　どういう事ですか⁉」

俺は村上医師の言葉で飛び起きた。眠気が一気に覚める。元気に生きているはずの父と母が、なぜこの世界に産まれたのだ？

「詳しい話は病院でだ！　とにかく、来なさい！」

「はい！　すぐ行きます！」

急いで着替え、家を出た。大通りでタクシーを停める。

「杉浦（すぎうら）病院まで！　急いでください！」

運転手に叫ぶ。俺の声にびっくりした表情を浮かべた運転手は、「近道ね」と言って車を走らせた。

窓の外を眺める。

──なぜ、父さんと母さんが？　二人共同時に？

答えは、一つしか出なかった。

──自殺したんだ。父さんと母さんは自殺したんだ。俺が死んだ事を悔やんで。

俺の！　俺のせいで！

拳で頭を殴る。涙が滲む。

──俺は、自分の命だけじゃなく、父さんと母さんの命を奪ったんだ！

俺の様子を見てただ事じゃないと察した運転手は、スピードを上げた。窓の外の景色の流れが加速した。

俺は景色を見つめながら、ただそわそわするしかできなかった。

──電車のが速かったか？

腕時計を見ながら思う。そんな俺に運転手は、「もう着くからね！」と言った。俺は「すみません。なるべく早くお願いします」と頼んだ。

タクシーが病院の敷地内へ入る。

運転手が言った。俺は一万円札を置き、車を出た。運転手の、「おつり！」という
「お兄ちゃん！　着いたよ！」

声が聞こえたが、振り返っている暇などない。

ナースステーションに行き、「村上先生はどこですか！」、そう叫んだ俺を、師長が

出迎えた。

「白戸さん、待ってたわ。こっち来て」

そう言い、早足で廊下を歩き出した。笑顔はない。

師長が３０８号室の扉を開ける。

「白戸さん、来ましたよ」

師長が言った。

「さ、入って」

促され、俺は急いで病室に入った。そこには、村上医師の姿。そして、父さん、母さんがベッドに横たわっていた。村上医師は俺の姿を見ると、「じゃあ、私は席を外すから」と言い、師長と共に病室を出て行った。

「淳太郎！」

俺の姿を見た父さんが叫んだ。そして、俺を力いっぱい抱きしめた。父さんの手が震えていた。

「淳太郎！　淳太郎！　淳……太郎……！」

俺の名を繰り返し叫ぶ、父さんの声は震えていた。見なくとも、泣いているのだとわかった。

「淳……太郎……」

母さんが俺に向かって歩んでくる。泣いていた。母さんも泣いていた。母さんが俺を抱きしめる。親子三人、抱きしめ合う。

「どうして……。どうして死んだの？　どうしてこの逆世界に？」

自分のせいだとわかっていた。でも、聞かずにはいられなかった。父さんは、「許せなかった」、そう呟いた。そして、ハッとしたように俺に叫んだ。

「逃げろ！　逃げろ淳太郎！」

「逃げる？　なんで？」

「逃げるんだ！　奴らはもう、産まれている！」

「奴ら？」

「お前をいじめた奴らだ！　逃げろ淳太郎！」

父さんが叫んだ。

アイツらの顔が浮かんだ。あの、クスクス笑いが蘇る。シャッター音が蘇る。地獄の日々がフラッシュバックする。

「どういう……事？」

父さんに問いかける。父さんはぎゅっと目をつむった。

「どういう事？　ねぇ！　どういう事⁉」

父さんの肩を揺する。母さんに視線を送る。母さんは、ううっと口に手を当て泣いた。父さんに視線を移し、問いただす。

「父さん！　ねぇ！　どういう事？　どういう事だよ！　ねぇ！　ねぇ！」

父さんが俺を見る。父さんが、ゆっくりした口調で言った。こんな父さんの声は、聴いた事がなかった。

「殺したんだ。俺が。この手で。あの三人を」

父さんの目は、憎しみに満ちていた。

「殺した？」

一瞬、思考が停止した。

――殺した？　父さんが？　この、父さんが？

予想していなかった展開に言葉を失う。放心状態になっている俺に、父さんは話し続けた。

「お前が死んだあの日、俺はどうしてもあの三人を許せなかった。お前を死に追いやったあの三人が……。お前が苦しみ抜き、死んだというのに、なぜ、アイツらが生きている？　もう、衝動を止められなかった。俺は、人間ではなくなった」

父さんは俺の足元に視線を落としながら、そう言った。

「どう……やって？」

喉の奥から、なんとか声を出す。父さんは一点を見つめたまま言った。

「気づいた時には、アイツらを刺していたんだよ……」

「いつ……？　いつ、アイツらを殺したの？」

震える声で尋ねる。

「お前が死んでから、一ヶ月後くらいだ……。どうしても、許せなかった」

父さんが答えた。

「一ヶ月……後……」

もう、二度と会わないですむと思っていたアイツらが、この世界に産まれている。一番、会いたくないアイツらが……。俺を戦慄の渦に巻き込む、アイツらが……。憎むべき、アイツらが……。

「どこで？　どこで殺したの？」

「川辺だ。家のすぐ近くの」

「川辺……」

「こんな世界があるなんて……。お前の仇を取るつもりが、またお前を苦しませてしまう結果になるなんて……。こんな……こんな事になるなんて……」

父さんは、自分を責めるように歯を喰いしばりながら言った。

「父さん達は、どこで死んだの？」

「家だ。家で、母さんと二人、ガスを溜めた。でも、隣人の佐藤さんが臭いを嗅ぎつけて警察に連絡したらしい。病院に運ばれたが、すでに手遅れだったみたいだ」

「そう……」

そう答えた俺の両腕を、父さんがガっしりと摑んだ。

「淳太郎、お前は逃げろ！　もう、指一本アイツらにお前を触らせない！　お前は、今度こそ俺達が守り抜く！　だから、お前は逃げろ！」

父さんはそう言い、俺の背中を押した。俺は俯き、立ち止まっていた。

「何をやってるんだ！　早く逃げろ！　俺がお前を守るから！　お前は逃げろ！」

父さんの叫び声が、病室内に響き渡った。

「聴こえないのか淳太郎！　早く逃げるんだっ！」

父さんが俺の身体を激しく揺すった。

俺は、ゆっくりと、顔を上げた。

「父さん、母さん、逃げて」

「何を言っている？　逃げるのはお前だ！　何やってる！　早くしろ！」

父さんが、俺の背中を強く押す。俺は、父さんをじっと見つめた。

「俺は逃げないよ。逃げるのは、父さん、母さんだ。俺が、父さん達を守る。何をしてでも、必ず」

一ヶ月ほど前に川辺で産まれたという事は、救助カウンセラーが救出しているだろう。アイツらは、この世界の存在を知った時、まず俺を思い浮かべただろう。そして、父さん、母さんがこの世界に産まれたことを知ったなら、必ずや復讐に乗り出す。自分達を殺した父さんへ。そして、俺へ。母さんへ。

細胞がプチンと音を立てた気がした。恐怖が、憎悪へと変わっていく。アイツらに対し抱いていた恐怖は、もうなかった。あるのは、憎悪のみ。もう、アイツらの思うようにはさせない。もう、負けない。もう、手出しはさせない。父さんにも、母さんにも、そして俺にも。

もう、決して。

憎しみが、湧き上がる。拳を握り、叫んだ。

「逃げて！　俺が父さん達を守るから！　アイツらは必ず復讐に来る！　早く！　早く逃げろ！」

「何言ってる！　逃げるのはお前だ！」

「違う！　父さん達だ！　早くしろ！」

俺は、父さんと母さんの腕を掴み、病室から追い出した。

「川辺で殺したのなら、アイツらは川辺で産まれた！　もう、救助カウンセラーが奴らを救出している！　奴らは、この世界に彷徨っている！　捜しているんだ！　俺を！　自分達を殺した父さんを！」

「だから、お前が逃げるんだよ！」

父さんが叫んだ。その叫び声より、俺の声は遥かに大きかった。

「違う！　父さん達だ！　父さん達はアイツらの本当の恐ろしさを知らない！　アイツらをわかってない！　父さんじゃダメなんだよ！　アイツらをわかっている俺にしか、どうにかできないんだ！」

そう、どうにかできるのは俺しかいない。奴らをわかっている俺しか。

「だからって、お前を置いて逃げる事なんて、できるわけがないだろう！」

「いいから！」

「できるか！」

「いいからっ！！！」

声がかすれる。それでも俺は叫び続ける。

「逃げるなら、お前も一緒だ！」

父さんが、俺の腕を引っ張った。俺は、振り払った。

「ダメだ！　逃げても無駄だ！　アイツらはそんなに甘くなんかないんだよ！　逃げ切れるわけがないんだよ！」

「だからって……」

「逃げてって！　いいから！　頼むから！　俺の言う事聞いて！　お願いだから！

秋田におじいちゃん達の家があるだろ！　そこへ！」

　俺の叫び声は、病院中に広がっていた。でも、父さん達は行こうとはしない。

「俺がこんなに懇願した事ある？　ないだろ！　絶対になんとかして、父さん達のもとへ帰るから！　約束するから！　だから、お願いだから行って！」

「そんな事がっ！」

「俺が大事なら行って！　家族が大事なら行って！　俺の事愛しているなら行って！　俺を信じてくれているのなら、早く行って！」

　父さんの背中を押し続ける。

「行けっ！！！」

「淳太郎……」

「行けって！　いいから行けっ！」

「淳太……」

「行けぇえええ！！！」

　父さんは、母さんの身体を守るように抱きかかえて、走り出した。母さんは、何度も何度も振り返った。そんな母さんに、俺は頷いて見せた。

「大丈夫。必ず俺がなんとかする」

　そう、呟きながら……。

俺の叫び声を聞きつけた村上医師が、病室に駆け込んできた。

「何事だ？」

「なんでも、ありません」

「なんでもないって……。お父さんとお母さんは？」

空になった病室を見て、村上医師が尋ねた。

「逃がしました」

「逃がした？」

「奴らから守るためです」

拳を握る力が増していく。爪が掌に喰い込む。

「アイツら？」

「俺をいじめた奴らが、この世界に産まれていました……」

「どういう事だ？」

村上医師が問うた。その顔は、今まで見たことがないほど怖い顔だった。

「詳しくは、言えません」

「なぜ？」

「どうしてもです。言えません」

父さんがアイツらを殺したなどと言ったら、父さんは警察に捕まるかもしれない。

そう思った。あの世界で人を殺した人間が、罪を償わずに産まれた場合どうなるのかは聞いていなかったが、平和を重んじるこの世界では、きっと罪を償わなければならないだろう。そう思った。死んでも、父さんの罪を口にする事はできない。

「白戸君……、まさか、君……」

俺は、村上医師の目を見た。きっと、険しい視線だっただろう。村上医師は、俺の両肩を掴んだ。

「馬鹿な事考えているんじゃないよな？　この世界にも警察はある！　警察に相談しなさい！　きっと、君達家族を守ってくれるから！」

俺は、ゆっくり村上医師の手を振り解いた。

「いえ、俺がなんとかします」

「なんとかって？　何をするつもりなんだ？」

「守るだけです。父さんを。母さんを。俺自身を」

「だから、それは警察に任せなさい」

「いえ、俺が守ります」

「白戸君！」

村上医師が、再び俺の両肩を掴んだ。

「君に何ができる？　話し合えるような人間じゃないんだろう？」

なだめるように、村上医師が言う。

「プロに任せるんだ。それに、もうその人達も反省しているかもしれないじゃないか」

「反省？」

「あぁ、そうだ」

俺は、首を横に振った。

「それはありません」

「どうして言い切れる？」

村上医師が言った。

「村上先生は、奴らの恐ろしさをわかっていません。良心など、奴らには無縁なんです。残酷な行為は、奴らにとっては快感でしかない。人の苦しみを吸い取って生きているような奴らなんです。反省？　そんな生易しい結末にはならない。奴らは絶対に復讐に来る。俺は、もう黙っていない。守るためなら……、大事な人間を守るためなら、俺は鬼にでもなります」

俺は、村上医師の手を振り払った。そして、猛ダッシュで病室から出て行った。

「白戸君！」

そう叫ぶ村上医師の声が、背中越しに聴こえていた。

病院を出て、駅まで休む事なく走った。電車に乗り、鶴見駅に向かう。気持ちは、高まる一方だった。

　鶴見駅に到着し、地下街に向かった。

　店に入ると真っ先に、刃物を探す。よく切れそうなバタフライナイフを手にし、レジへ向かった。

「いらっしゃいませ」

　中学二年生くらいの少女が、下腹辺りで両手を合わせ、お辞儀した。

「三千八百円が一点」

　マニュアルどおりに、声を出しながら商品をレジに通す。一万円札を出し、商品が渡されるのを待つ。

「六千二百円のお返しです」

　少女が両手でおつりを手渡した。

「ありがとうございました。またお越しください」

　少女がぺこりとお辞儀をした。そして再び、「いらっしゃいませ」とお辞儀をしたあと、俺の次に並んでいた三十歳くらいの女性客の商品をレジに通し始めた。俺は、そのまままっすぐバス停へと向かった。

　――手段は、一つしかない……。

　そう、もう、一つしか思い浮かばなかった。険しい顔をしたまま、バスに乗り込んだ。ずっと、紙袋に入れられたバタフライナイフを眺めていた。

上末吉に到着。川辺へと向かう。

――神なんて、やはりいないのかもしれない。

そう思った。だって、俺は一つの幸せを捨てなくてはならないのだから。一つの約束を破らなくてはならないのだから。絶対に嘘だけはつきたくなかった相手に、結果嘘をついた事になるのだから。

――神がいるならばどこまで過酷なのだろう。

俯き、思った。

信号待ちをしている俺の肩を、ぽんっと誰かが叩いた。ハッとし、瞬間的に力強く手を振り払う俺がいた。

「淳太郎？　どうしたの？　怖い顔して……」

ナナだった。ナナは、俺の顔を見て嬉しそうに笑った。

「今ね、淳太郎のお家に行こうと思ってたの。何回も電話したんだけど、出なかったから。まだ寝てるんだろうなって思って、朝食！　ホラ、作ってきたの！　一緒に食べよう？」

紙袋の中のお弁当箱を見せ、ナナが言った。

「淳太郎？　どうしたの？　何かあった？　怖い顔だよ？　どこ行ってたの？」

ナナが問う。俺は、何も言わず俯いていた。

信号が青になる。歩行者が、歩き出した。

「あ、信号変わった！　行こ！」

ナナが、俺の手を握った。俺は、ナナの手を振り払った。ナナが、驚いた顔をした。

「淳太郎？」

――神は、絶対いない！

ゆっくりと顔を上げ、ナナの瞳を見つめた。ナナはまっすぐ、俺を見つめていた。

「もう、会わない」

ナナに言った。ナナは、視線を逸らさず、俺だけを見つめていた。

「なんで？」

俺の瞳を見つめ続けるナナが、俺に問うた。

「何があったの？　何かあったんでしょ？　何？」

そう言うと、ナナは俺が持っている紙袋に視線を移した。ナナが、中を確認した。

「それ、何に使うの？」

俺は、質問には答えなかった。ナナが、動揺しているのがわかる。ナナにとっては、なんで俺がそんな事を言うのか、わからないのだろう。当たり前だ。昨日あんなに愛し合っていたのに、急に突き放しているのだから。

それでも、俺はナナに言った。

「もう、会いたくないんだ」

ナナの瞳に、悲しみが宿っていくのがわかる。

「だから、どうして？　私……、何か嫌われるような事しちゃった？」

ナナの視線が痛かった。俺は、わざと冷酷な声を出した。

「ナナとは、合わないと思っただけだよ」

「合わない？」

「あぁ、なんか、昨日ナナを抱いて、そう思った。性の不一致だよ。ナナの身体は好みじゃないんだ。だから、他の女を探したい」

「どういう……意味？」

ナナが、途切れ途切れに言葉を発する。

「どういう意味も何も、そういう意味だよ」

俺は、クスッと笑って見せた。自分が、元木達のように思えた。だけど、これしか思いつかなかった。ナナを自分から離すには、これしか方法はないと思った。

でも、ナナは信じようとはしなかった。

「ねぇ、何があったの？　違うでしょ？　何かあったんでしょ？」

ナナが俺の言葉を否定する。俺は、ナナの目を見つめて言った。

「だから何もないって言ってるだろう。ただ、ナナとは合わないだけだって。一日経ったら、気持ち冷めちゃったんだよ。だからさ、もうやめよう？　会うのも、もう面倒くさい」

「嘘！　淳太郎、そんな人じゃないじゃない！」

「そんな人じゃない？　まだ出会ってそんな経ってないナナに、俺の何がわかるの？　俺さ、ナナが思っているような男じゃないよ？　結構薄情者だし、実は女もコロコロ替えるんだよね。ただ、一回試したかったんだよね。ごめんね」

苦笑しながら言う。ナナは、それでも俺の言葉を否定する。

「淳太郎はそんな人じゃない！　そんな嘘、私には通用しないよ！　何があったの？　教えて淳太郎！　言ったでしょう？　私があなたを守るって！」

俺は答えず、ただ苦笑し続けた。

「淳太郎？」

ナナが俺の手を握った。俺は即座に振り払った。

「守る？　俺の事守ってやろうと思ってるの？」

ナナに言う。

「守るよ！　言ったでしょう？　私があなたを……」

「おこがましいね」

ナナの言葉を遮った。

「え?」

ナナが聞き返す。俺は、もう一度同じ言葉を繰り返した。

「おこがましいねって言ったの」

「どういう意味……?」

ナナが呟く。信じられないという顔。俺は、極めて冷酷な声を発した。

「おこがましいって意味がわからない? 出過ぎた真似、さしでがましいっていう意味。知らなかった?」

それでもナナは、首を横に振った。

「コレ、何に使う気なの?」

ナナが俺の手からバタフライナイフを奪い取った。急いで奪い返す。

「関係ねぇだろ」

「何する気?」

ナナが、俺の両腕を掴んだ。再び振り払い、拒否をする。

「あ~~……、たりぃ~なぁ~。なんでわかってくれないの? 一回言ったら理解してよ。別に何もないし、何かする気もないよ。ただ、飽きたんだよ」

信号は、二回目の青信号になった。俺らを見ていた歩行者達が、前を向き歩き出す。

「めんどくせぇの嫌いだから、一回言ったらわかって欲しいんだけどさぁ、飽きたって言ってるの。お前に飽きたの。っていうか、本当は最初っからつき合うつもりなんてなかったの。ただヤレりゃあよかったの。ホントは女抱くのも初めてじゃなかったの。ヤリまくってたの。初めてのふりするのは、俺の手口。そうすれば女って、結構喜んだりすんだよ。災難だったかもしれないけどさ、こんな男も世の中にゃいるって事を学習してよ」

　ナナの頭をポンポンと叩いた。ナナは、一瞬で涙目になった。

「何言ってるの？　そんなの、信じられないよ……」

「じゃあ、信じなきゃいいんじゃないの？　俺は別に、もう関わらないでくれたらどうでもいいから」

　ため息をつきながら言う。

「そんな台詞、淳太郎には似合わない！　私、淳太郎の事信じてるんだから！　何があったのか教えてくれないなら、教えてくれるまで何度も行くよ？　淳太郎のところへ何度でも行くよ！　私が淳太郎を守るって決めたんだから！　絶対、絶対守るんだから！」

「来ないで。迷惑」

「行く！」

ナナが叫んだ。

「じゃあ、勝手に来れば？　でも、喘ぎ声とか聴こえたらごめんね。俺、他の女とヤッテるかもしれないし。見ればわかるだろうけど、これでもモテるんだ」

ナナの瞳から涙が零れ落ちた。

「嘘っ！！！」

ナナの叫び声は、悲鳴のようだった。

「嘘じゃないよ。そういう男も世の中にはいるの。さっきも言ったけど、学習してくださいな」

嘘に決まってる。本当は、抱きしめたい。本当は、泣かせたくなんかない。でも、ナナはこれ以上俺の側にいてはいけない。俺がこれからしようとしている事は、犯罪だ。どんな理由であっても、世間は許してはくれない。そんな俺の側にナナを置いておくわけにはいかない。ナナには、幸せになって欲しい。誰よりも、幸せになって欲しい。誰よりも多く、笑っていて欲しい。

――ナナ……。

胸の中が、痛くて痛くて、発狂しそうだ。

「嘘だよ！　嘘だよぉ！」

とうとう、ナナはその場で泣き崩れた。咄嗟にナナを抱きしめようとした手を引っ込める。

　三回目の青信号。

「通行の邪魔だから、隅っこで泣けば？　じゃあね」

　俺はナナに背を向け歩き出した。もう、限界だった。ナナを見ているのが、限界だった。

　逃げるように早足で信号を渡る。背中が、ナナの泣き声をキャッチしている。頬に、涙が伝わった。見られないように、猛ダッシュで走り出した。

　――ナナ、お願いだから幸せになって。お願いだから笑って生きて。どうか、運命の人に巡り会って……。生まれ変わって、もうナナが俺を愛してくれなくても、俺は必ずナナを愛すから……。ナナが俺を見てくれなくても、俺はナナだけを見つめているから。ナナだけを愛すから。永遠に。ずっとずっと、永遠に……。何度生まれ変わっても、永遠に……。今度こそ約束するよ。

　涙が次々と溢れ出る。こんなに人を愛せるとは思わなかった。人を愛した時、こんなに優しい気持ちになれるのも知らなかった。ナナが笑ってくれるのならばなんでもできると思った。ナナが喜ぶのなら、どんな事でもしてあげたいと思った。ナナが幸せになるためならば、俺は命だって捨てられる。ナナが望むのであれば、なんだって……。ナナのためならば、なんだって……。

だけど、だからこそ。だからこそ俺はナナを突き放すんだ。突き放すしかない。そうする事が、俺ができるナナへの愛情だと思った。不器用な俺には、それしかできなかった。今、ナナが泣いていても、この先俺の側にいるよりはずっといい。今の悲しみのほうが、俺の側にいさせる事よりも遥かに浅いはずだ。

――ごめん。ごめん、ナナ。ごめんな。

角を曲がり、立ち止まった。もう、ナナの泣き声は聴こえない。もう、ナナの姿は見えない。

俺はその場に座り込み、号泣した。嗚咽を抑える事ができなかった。通行人が、じろじろと俺を見る。でも、人の目なんてどうでもよかった。

胸が痛い。苦しい。会いたい。今すぐにでもナナに会いたい。抱きしめたい。ずっとずっと抱きしめていたい。だけど、俺にはそれは許されない。

――ナナ！

心の中で、何度も何度もナナの名を呼んだ。きっと、ナナも呼んでいる。俺の名を呼んでいる。目をつむっていても、ナナの顔が浮かぶ。ナナも、きっとそうだ。俺達は、離れながら呼び合っている。同じ気持ちで呼び合っている。だけど、どんなに呼び合っても、もう会えない。あの、幸せな時間は戻ってはこない。ナナの笑顔を見る事は、もうできない。

――ごめん……。ごめん、ナナ……。

心の中で、何度も何度も謝罪した。

――泣かせて、ごめん……。

涙は、ずっと止まらなかった。

パッパパッパー！

トラックが俺に向かって、クラクションを鳴らした。

なんとか立ち上がり、俺は歩き出した。

川辺に辿り着く。あたりを見回しても、元木達らしき人物は見当たらなかった。

約一ヶ月前にこの場所で産まれたのは間違いない。きっと、パニックに陥っただろう。いや、もしかしたら、自分達が死んだ事に気づいていないのかもしれない。どちらにせよ、救助カウンセラーが元木達を保護したのは間違いないはずだ。今はどこかの病院で検査を受けているのだろう。いや、一ヶ月近く経っているのだから、もう退院している可能性が高い。でも、元木達はこの逆世界に生きている。そして、俺を捜している。間違いなく。

紙袋の中のバタフライナイフを見つめた。村上医師の言葉を思い出していた。

――『プロに任せるんだ。それに、もうその人達も反省しているかもしれないじゃないか』

反省……。元木達が反省……。そのとおりだったら、どれだけいいだろう。あの三人がこの逆世界に生きていても、俺と会うことなく天寿をまっとうしてくれたのなら……。

だけど、そんなのは夢物語だ。希望、いや、やはり夢でしかない。元木達は、絶対に許さない。自分達を殺した父さんも、俺も。必ず捜し出すだろう。どんな手を使ってでも、俺達家族に復讐する。それが、現実なんだ。それが、アイツらなんだ。だからこそ、俺は闘わなくてはいけない。家族を守るためにも、俺自身のためにも。これは、俺とあの三人の戦争なんだ。どちらが勝つか。どちらの復讐計画が成功するか。

逃げ続けようとも思った。逃げるが勝ち。そんな言葉があるように、アイツらに会わないよう、もう二度と関わらないですむように対策を練り、家族三人、ひっそりと生きようとも思った。村上医師が言うように、警察に相談しようとも。でも、それでも安心はできない。アイツらがこの世界に生きている限り、闘いは終わらない。バタフライナイフを取り出そうとした手を引っ込めた。こんな思いつきで行動しても、なんにもならない。負けるだけだ。

――いったん、家に帰るか……。

俺は、しばし川の流れを見つめたあと、川辺をあとにした。

自宅への帰路を歩く。一歩一歩が重い。生暖かい風が身体を包む。気持ちを落ち着かせようと深呼吸を繰り返す。でも、とても重い。

角を曲がったところで、足を止めた。自宅の前で座り込んでいるナナの姿が見えた。慌てて電信柱の陰に隠れる。

――どうして……。

ナナは、体育座りをしたまま、玄関の前から動こうとはしない。

――あんなに酷い事言ったのに、どうして……。

切なさが胸を締めつける。こんなに愛し合っているのに、どうしてダメなんだろう。どうして、こんな結果にしかならないんだろう。神は、どこまで意地悪なんだろう。どうしてこれほど辛い試練をお与えになるのだろう。前世で、俺が何かしたのだろうか？　神の逆鱗に触れる何かを、してしまったのだろうか？　これは、その罰なのだろうか。神が与える、俺への罰なのだろうか。もしも、本当に神という者がいるのであれば。例えば、もしも。

なぜ……。

ナナを見つめる。

――早く帰って。お願いだから帰って。もう、俺の前へ現れないで。お願いだから。

でも、俺の願いを拒否するように、ナナは座り込んだまま動かない。

――これ以上、もうあんな嘘つきたくないんだ。もう、泣き顔なんて見たくないんだよ。本当は、一番、世界で一番泣かせたくないんだ。ナナの涙を見たくないんだ。

俺は、電信柱の陰に座り込んだ。早く、ナナが帰ってくれる事を祈って。

しかし、二時間経ってもナナはその場を動こうとはしなかった。ナナがどれほど俺を愛してくれているのかが、痛いほどに伝わってくる。人を信じられないと言っていたナナが、俺を信じてくれている事がわかる。

さらに三十分が経過した。それでも、ナナは動かなかった。このままでは、きっと夜中になっても動かないだろう。

俺は、重い足を動かした。

「淳太郎……」

俺の姿を見つけたナナが、腰を上げた。

「何か用？」

俺は、ナナの目を見ずに尋ねた。ポーチの扉を開け、中に入る。

「どう考えても、私、淳太郎がそんな人だとは思えないの。淳太郎の嘘を、信じられないの。淳太郎の嘘は、どんなに小さいものでも見破っちゃう。お願い、淳太郎。私にだけは、本当の事教えて？　私、どうしても放っておけないの。どうしても、淳太郎の力になりたいの」

ナナが、俺の腕を掴んだ。俺は、ナナの手を振り払った。今日一日で、何回愛する女の手を振り払っているのだろう。

苦しい。

「言いたい事って、それだけ？」

「淳太郎……」

「何度も言うけど、俺はナナを愛していない。もう、放っておいてくれない？」

無造作に前髪を掻きあげる。うっとうしい。そう態度で示すために。

「放っておけないよ！　淳太郎に何かあったら……」

「俺に何かあっても関係ねぇだろ！　一回ヤッたくらいで彼女面すんじゃねぇよ！　マジでウザいわ！」

冷酷な視線をナナへと向ける。ナナは、そんな俺の視線を受け止める。

「そういう事だから、二度と来ないでくれる？」

それだけ言い、ナナに背を向けた。ナナはもう、何も言わなかった。

鍵を取り出し、ドアを開ける。一度も振り返らずに、中へと入った。外にいるであろうナナへわざと聴こえるように、鍵を閉めチェーンをかけた。そのまま自室へと向かい、窓の外から玄関を見た。

もう、ナナの姿はなかった。安堵のため息を漏らし、カーテンを閉めた。

しかし、その翌日も、また翌日も、ナナはやって来た。そして、「淳太郎の嘘は信じない」と言った。俺は、できる限りナナに冷たく接した。「もう来るな」「顔も見たくない」「ウザい」「いい加減にしろ」。冷たい言葉しか発しなかった。

それでも、ナナはやって来た。どんなに冷たく接しようが、無視しようが、それでもナナはやって来た。一度信じた者は、何があっても信じ抜く。ナナの信じるという事は、そういう事だった。それは、ナナの強さでもあり、それがナナの愛だった。

俺は、家を出なかった。こうしている間にも、元木達は俺を捜している。確実に近寄って来ている。だけど、ナナはいつまで経っても、俺の側を離れようとはしなかった。

もう、どうすればいいのかわからなくなっていた。元木達を捜したほうがいいのか、逃げる事を考えたほうがいいのか。ナナに対し、どう接すればいいのか。どうすればナナが離れてくれるのか。

午後一時。バタフライナイフを手にし、眺める。箱から取り出し、親指で刃を撫でた。薄皮が切れていく。

どうにかすると言っておきながら、まだ何もできていない自分へのもどかしさ、いや、どう行動すればいいのかわからない。

ピンポーン。

インターホンが鳴った。玄関に行き、ドアを開ける。

ナナが立っていた。

「何？」

迷惑そうな顔をする俺に、ナナが言う。

「お腹空かない？　ご飯にしよう」

紙袋の中に入ったお弁当箱を見せながら、ナナが言った。満面の笑みだった。

呆気に取られている俺をよそに、ナナは「おじゃましま～す」と家の中へと入って来た。

「リビングに行けばいい？　それとも、淳太郎のお部屋？」

微笑みながらナナが言う。

「ナナ……」

ナナを見つめる。ナナは、微笑んでいる。だけど、内心はびくびくしているのだろう。紙袋を持つ手が、わずかに震えている。

ナナにとっては、これが最後の行動なのだろう。ナナにとっての強行突破は、俺に愛された時の顔をし、俺の前に現れる事だったのだろう。

――なんで、ここまで強くいられるんだ……？

俺は、ナナを抱きしめた。限界だった。これ以上、ナナに冷たくなんてできない。だって、愛しているのだから。愛は、深まっていく一方なのだから。

ナナは俺の腕に入った瞬間、大声で泣き出した。

「ごめん……」

ナナは首を横に振りながら、ぎゅっと俺の背中に手を回す。

「辛い思いさせて、ごめんな」

ナナは、黙って首を横に振り続けた。俺は、強く抱きしめた。そして、ナナの身体を離した。

「でも、お願いだから、もう俺の前に現れないで……」

俺の言葉を聞き、ナナが言う。

「どうして……？　どうしても、もうダメなの？」

俺は、そっと頷いた。

「わかった……。もう、淳太郎の前には現れない。でも、お願い。せめて、理由だけでも聞かせて？　そうじゃないと、納得なんてできないよ……」

ナナは、涙声でそう言った。俺は、ゆっくりと口を開けた。ナナに嘘は通用しない。そう思った。

「闘わなくちゃいけないんだ」

「闘う？」

「あぁ」

「何と？」

「俺を、いじめていた奴ら……」

元木達の顔が浮かんだ。俺を苦しめる事しか考えていない、元木達の顔が。

「どういう事？　ちゃんと話して？」

ナナが俺の袖を引っ張り、言った。俺は、あの地獄の日々を思い出しながら、話し出した。

「俺、自殺したんだ」

「自殺？」

「あぁ。あの世界でいじめに遭って、耐えられなくて自殺したんだ」

「…………」

「前に、身体が動かなかったって言っただろう？　自殺図って失敗したんだ。薬、山ほど飲んで……。障害だけが残った」

「そう……だったんだ……」

ナナは、なんと言っていいかわからないという顔をし、俯いた。

「俺は、首さえも動かなかった。動くのは目だけだったよ。両親も、親友も悲しませた。このままでは親不孝だと思った。俺のために多額の治療費を払い続ける両親に。いくら払ったって、もう二度と俺は動く事はできないんだから。親孝行……いや、違う。俺のためにだ。俺自身が救われるためにだ。逃げるためにだ。それ以上に両親や親友を悲しませるとわかっていても、俺は逃げた」

あの時の記憶を辿りながら、口にした。

「どうやって？」

小さな声でナナが問うた。俺は一呼吸置き、話し出した。

「息を止めたんだよ。それしか死ねる方法はなかった。そして、俺は死んだ。弱いだろ？」

「そんな事……」

否定しようとしたナナの言葉を、遮った。

「弱いんだよ」

ナナは、何も言わずにただ首だけを横に振った。沈黙が生まれた。俺もナナも、何も言わなかった。ただ、重い沈黙だけが存在していた。

「でも、親友はいたんでしょう？」

先に沈黙を破ったのは、ナナだった。ドテチンの顔が浮かんだ。

「あぁ。いたよ。なんでも話し合える親友が」

「その人は、守ってくれなかったの？」

「守れなかったんだよ。そいつは、俺がどんないじめを受け、苦しんでいたかを知らなかったから」

「知らなかった？」

「いや、本当は気づいていたかもしれない。でも、俺が酷いいじめを受けているのは知らなかった」

「言わな……かったの？」

「言おうと思った。でも、言わなかった」

「どうして？」

　ナナは、まだ俯いていた。

「アイツ、俺が電話で元気がないのを知って、わざわざ名古屋から会いに来てくれたんだ。アイツの声聴いたら、頑張れるって思ったんだ。まだまだ大丈夫だって、そう思ったんだ。真実を知ったら、アイツはどんな事があっても毎日のように俺のところに飛んで来たよ。血の気の多い奴だから、奴らを殴り倒してたかもしれないな。俺も、アイツに何かあったら、飛んでったし」

「いいお友達ね」

「あぁ。中学二年の時に引っ越して名古屋に行っちまったんだけど、アイツだけは死んでも、たとえなにがあっても親友だ」

ナナは、小さく微笑んだ。でも、まだ俺の顔は見ない。ずっと、俯いたままだ。

「あぁ。できる事ならアイツにナナを紹介したかったよ。ドテチンって言うんだけどさ」

「ドテチン？」

「うん。土手川だからドテチン。小学校からのあだ名。俺がつけたんだ」

「かわいい」

ナナが、クスッと笑った。俺も小さく笑った。ドテチンの顔を思い浮かべていた。

そして、言った。

「でも、ダメだった。俺は、自殺を図った」

「…………」

「きっと、最大の罪だろうな。でも、やったんだ」

ナナが、俺の服の裾をぎゅっと握った。

「でも、それでどうして闘わなくちゃいけないの？　その人達がなんでこの世界にいるの？」

「父さんが殺したんだ」

「え？」

驚いた顔をしたナナが、やっと顔を上げた。

「殺し……た？」

「あぁ。三人を、川辺で」

「どうしてわかったの？」

「父さんと母さんが産まれたからだよ。奴らを殺して、自分も死んだんだ。母さんと一緒に……」

「お父さんとお母さんは、今どこにいるの？」

「秋田の田舎に逃がした。たぶん、アイツらに狙われてるのは俺だけじゃないから」

「淳太郎が？」

「あぁ」

ナナは再び口を閉じた。

「奴らは産まれている。たぶんもう、救助カウンセラーに救出されて、病院での検査も終わってるよ。奴らは、近くにいる。俺のすぐ近くに」

「だからって、淳太郎が狙われてるなんてわからないじゃない。たとえ淳太郎を捜していたとしても、もうそんな気持ちはないかもしれないじゃない。もしかしたら、もう淳太郎を悲しませるつもりで捜しているわけじゃないかもしれないじゃない。苦しめるつもりなんかないかもしれないじゃない」

「じゃあ、どういうつもりだと？」

俺は、優しくナナに問いかけた。

「きっと、謝りたいのよ。淳太郎に謝りたいのよ。きっと、そうよ！」

ナナは俺の顔を見つめて言った。それは、そうであって欲しいという、ナナの希望の言葉でしかなかった。俺は首を横に振り、否定した。

「ナナ、そんなに甘い奴らじゃないんだよ。ナナは、アイツらを知らない」

「そんなのわかんない！　淳太郎の考え過ぎよ！　きっとそうよ！」

ナナが俺の両腕を掴み、揺さぶった。

「淳太郎！　きっとそうだよ！　もし、その人達が淳太郎を捜しているのなら、きっとそう！　それに、その人達がたとえそうでなかったとしても、会わなきゃいいじゃない！　無視すればいいわ！　もう、関わらなきゃいいのよ！　ここは、淳太郎の第二の人生のスタートなの！　あの世界とは違う！　親子三人、また仲よく暮らせばいいじゃない！　この世界ではあなたはご両親よりも早く死んでしまうけど、また生まれ変われるのよ！　自らを苦しめる行動に出る事ないじゃない！　そんな必要、どこにもないじゃない！」

俺は、ナナの瞳を見つめ、「いいや」と言った。

「闘うしかないんだよ。父さんや母さんを守るためにも……」

「なんで？　なんでそう決めつけるの？　なんで苦しい選択しかできないの？　淳太郎は間違ってる！」

　ナナの語気は、強かった。より激しく、俺の両腕を摑む。

「選択肢はいくらでもあるのよ！　幸せになれる方法はいくらでもあるの！　もっと幸せな選択をするべきよ！　自ら不幸な道を選んでどうするのよ！　その人達が捜していなかったら？　全部淳太郎の勘違いだったらどうするのよ！」

「………そうだったら、どんなにいいだろう」

　ぽそりと口にした。

　もし、そうだったら。もし、本当にそうだったなら。もし、ナナの言うとおり、俺の考え過ぎなのだとしたら。また、この逆世界で家族三人仲よく暮らせたら。ナナと、過ごせたら。ナナの笑った顔をいつまでも見ていられたら。時には喧嘩して、でも仲直りして、笑って、泣いて、また笑って……。

　そんな生活ができたら、どんなにいいだろう？

「淳太郎。とにかく、今、淳太郎に必要なのは、復讐計画を考える事でもなければ、闘いを考える事でもないの。冷静になる事よ。未来なんて誰にもわからない。明日、何があるかなんて誰にもわからない。人の心なんて誰にも読めないのよ。その人達が何を考えているかも、淳太郎にはわからない事なの。お願いだから決めつけないで。お願いだから冷静になって。お願いだから未来を見て」

懇願するようにナナが言う。

「今のあなたは間違っている。間違っているのよ！」

ナナの言葉が、呪文のように聴こえる。

——本当に、間違いだったら？

あの三人は一緒にいる。この世界で。それは確実だ。でも、本当に間違いだったら？

元木も、山本も、戸田も、俺を捜していなかったら？

殺されるという恐怖は、自ら死ぬ事よりも遥かに大きい。恐怖を抱いたまま、奴らが死んだのなら、この逆世界に産まれた瞬間にも恐怖を抱えていたかもしれない。一度植えつけられた恐怖は、そんなに簡単に消せるものではない。トラウマとなり、心に大きく残る。奴らの恐怖が、まだ消えてないとしたら？

——本当にそうなのか？　俺は、闘うべきではないのか？

呆然とし、考えていた。ナナはそんな俺に、何度も何度も「間違いなのよ！　今のあなたは間違っているのよ！」と繰り返した。そして、ただ立ち尽くしている俺に抱きついた。まるで俺を抱きしめるように。

ずっと張り詰めていた心が、癒やされていく。本当にそうなのかもしれない。そう思えてくる。

　プルルルル、プルルルル……。

　電話のベルでハッとした。ナナが、俺から離れた。

　プルルルル、プルルルル……。

「淳太郎？」

　プルルルル、プルルルル……。

「淳太郎？　電話鳴ってるよ？」

　ナナが、俺の右手を引っ張った。

「あぁ……。父さん達かもしれない」

　リビングに向かい、受話器を取る。

「もしもし？」

『…………』

「もしもし？」

『…………』

　――イタ電？

「もしもし？」

　電話の主は、何も言わない。

「父さん？」

『…………』

――イタ電か。

受話器を置こうとした瞬間、声がした。

『白戸淳太郎さんですか？』

――！！

元木の声だった。

『そうだろ？』

「なんだよ……？」

変な声が出た。喉から出したような、変な声。

「淳太郎？」

ナナが俺の背中をそっと叩いた。

「どうしたの？　誰？」

俺は、振り返る事もできなかった。

――やっぱり、間違いなんかじゃなかったか……。

やはり、夢物語でしかないんだ。光なんて射さない。未来は、決まっている。

『ずっと捜してたんだよ。お前の事』

元木が言った。

「どうして？」

答えは決まっている。しかし、そう尋ねる俺がいた。元木の冷酷な声が聴こえる。いや、コイツは元からこんな声なのか？　もう、わからない。元木の声は、いつでもこんな声でしかなかった。元木の優しい声なんて聴いた事がない。そんな俺に、わかるわけがない。

受話器から、声がする。

『どうしてって、どうしてもだよ。お前に言いたい事があってね』

「なんだよ？」

『電話じゃダメだね。面と向かって言わなきゃ気がすまねぇ』

「…………」

『お前の家、上末吉だよなぁ？　もうちゃんと調べ尽くしてるけどよ』

「…………」

『おい。返事くらいしろよ。聴こえてねぇのか？　それとも、声が出せなくなったか？』

くくくっと元木が笑った。コイツはなんにも変わっていない。

「聴こえてるよ」

ただ一点を見つめ、口にした。

『じゃあ、今から行くからよ。逃げんなよ』

「待て。俺が行くよ」

『あ?』

「用があるなら俺が行く。俺も、捜してたからな」

『……じゃあ、川辺まで来いよ。お前ん家のすぐ側にある橋の下で待ってるからよ』

「お前一人なのか?」

『いや。山本も戸田もいるぜ? 救助カウンセラーの資料で、お前の親が産まれた事、知ってるよ。なんで俺らが産まれたのかは、聞かなくてもわかってるだろう?』

「あぁ」

『ならよかったよ。用件が一つ省けた』

クスクス笑いが混じった元木の声。冷酷な声を出せる人間を探したら、間違いなくコイツがチャンピオンだと思った。

『とにかく、来いよ』

「……わかった。十分で行く」

『おう。逃げんなよ』

ゆっくりと受話器を置いた。

アイツらの復讐とは、また俺を苦しめる事なのだろう。そうする事が、復讐なんだ。

腐った食べ物にウジがわいていくように、じわじわじわじわと俺を痛めつける。身体も、心も、あの日々を上回る苦しみを与えるのが、奴らの復讐なんだ。

　そして、また俺が自ら死んでいくのを待っている。奴らにとって、いじめはゲームだ。どこまで闘いに耐えられるか。どこまでやれば死んでいくのか。そして、死んでもなんとも思わない。また、次へと進めばいいだけだ。リセットし、また始めればいいだけだ。永遠に、終わらないんだ。

「淳太郎？　どうしたの？　怖い顔だよ？　もしかして、お父さんやお母さんに何かあったの？」

　ナナが俺の顔を覗き問う。俺は何も言わず、バタフライナイフを手にした。その手を、ナナが止める。

「何する気⁉」

　ゆっくり、ナナへと視線を送った。ナナの瞳は、険しかった。

「淳太郎？　電話誰からだったの？　ねぇ！」

「…………」

「ねぇ！」

　ナナが俺の手からバタフライナイフを取り上げた。急いで取り返そうとしたが、ナナは抱きかかえるようにしてバタフライナイフを隠した。

「誰⁉」

「……返して」

右手を差し出すが、ナナはバタフライナイフを抱きしめたましゃがみ込んだ。

「返せるわけないでしょう！　何考えてるの淳太郎！　目、覚ましてよ！」

「奴らなんだよ……」

俺は、目をつむり言った。元木の声が耳の中で響いている。

「奴ら？」

「あぁ」

「奴らって？」

「言っただろう。俺を捜してるって」

ナナは、開きかけた口を閉じた。

「お願い、返して」

ナナからバタフライナイフを奪おうとする。しかし、ナナは必死で抱え込み、首を横に振り続ける。

「じゃあ、いい」

意地でもバタフライナイフを渡さないナナに向かい言った。背を向け歩き出す俺を、ナナが止めた。

「行かなきゃいいじゃない！　無視すればいいじゃない！」

「ダメなんだよ！　家を知ってるんだから！」

「開けなきゃいいじゃない！」

「そういう問題じゃない！」

　叫び声が出た。

「なんで！　いじめられた事なんか、もう忘れなよ！　淳太郎が変われば、その人達も絶対変わるって！　いじめられた記憶なんて、もう消しちゃいなよ！」

　ナナも、俺に負けじと声を張り上げた。

「お前に何がわかるんだよ！」

　俺の怒鳴り声に、ナナはビクッと身体を震わせた。

「俺が何されたか知ってるのか？　アイツらがどんな奴らか知ってるのか？　知りもしないのに勝手な事言ってんじゃねぇよ！」

「淳太郎……」

　八つ当たりだとわかっていた。ナナは何も悪くない。だけど、止まらない。

「囲まれて殴られ続けるのがどれほどの苦しみか、知ってるのか？　どんだけ痛いか知ってるのか？　それが毎日のように続いたんだぞ！　どんだけ辛いかわかるか⁉」

　叫びすぎて、喉が痛い。それでも、止まらない。

「殴られるだけならまだ我慢できたかもしれない！　全身痣だらけになろうとも、なんとか我慢できたかもしれない！　だけど、だけどアイツらは……」

聴こえる……。聴こえる……。

シャッター音が。

「だけど……？」

ナナの声が、震えている。聞くべきか、聞かざるべきか、悩みながら出したような声。

「だけど、何……？」

あの日の、自分の叫び声が耳の奥で蘇っていた。

「全裸にして手足縛りつけて、写真撮ったんだよ！　何枚も、何枚も、笑いながら！　それだけじゃない！　奴らはそれでも満足しない！　どうしたと思う？　さんざん笑いものにして遊んだあげく、ネットで流したんだぞ！　全裸の写真を！　どれほどの屈辱かわかるか？　もう、プライドなんて一瞬で灰みたいに吹っ飛んでいったよ！　学校中の人間が、その姿を見てるんだぞ！　その姿を見て、学校中の奴らが笑って楽しんでたんだぞ⁉」

叫びすぎて、声が嗄れていた。

「……そんな……」

　ナナは口元に手を当て、信じられないといった顔をした。俺は、最後の一声を叫んだ。

「そんな奴らが、反省なんかするかよ！　和解しようとなんかするかよ！　奴らの復讐はな、再びまた、あの地獄生活を俺に与える事なんだよ！　俺が倒れるまで、死ぬまで、与え続ける事なんだよ！」

　ナナは涙目になり、一言漏らした。

「そんな……そんな酷い事する人がいるなんて……」

「信じられないだろ？」

　ナナに言う。ナナは何も言わず、俺を見つめていた。

「だけど、事実なんだよ。世の中には、そういう奴もいるんだよ。悲しいけど、現実なんだよ」

　ナナの瞳から、とうとう涙が零れた。

「現実……なんだよ……」

　俺は、自分に言い聞かせるように、同じ言葉を繰り返した。そして、ナナへと背を向け走り出した。

「淳太郎！」

　ドアが閉まると同時に、ナナが俺を呼ぶ声が聴こえた。

俺は猛ダッシュで川辺へと急いだ。角を曲がり、路地を抜ける。工場の奥に、川辺が見えた。休まず、走り続ける。橋に着くまで、全力でダッシュする。

橋に辿り着き、立ち止まった。乱れた息を整え、歩き出す。

下を見下ろすと、元木・山本・戸田が、ダルそうに俺を待ちわびていた。もう、二度と会わないと思っていた奴らが、そこにはいた。

橋を降り、三人のもとへ向かう。ドクンッドクンッドクンッと、心臓が暴れだす。

俺の足音に、戸田が振り向いた。

「来たぜ」

元木達に向かい、戸田が言う。元木達が、いっせいに俺を見る。座っていた元木が、腰を上げた。

「遅ぇよお前！　お前の十分は二十分か！」

俺は、何も言わずに元木を睨みつけた。もう、瞬きすら忘れていた。

「なんだよ？」

元木が言う。口元が、かすかに笑っている。

「なんの用だよ？」

元木のもとまで歩む。山本、戸田が、立ち上がる。

「電話で言っただろう。お前に言いたい事があるってよ」

「だからなんだよ？」

元木から山本へ、山本から戸田へと視線を移す。

「お前さ、何睨んでんの？」

山本が眉間に皺を寄せながら言った。

「お前らが早く用件言わないからだろ」

「お前ら？」

山本が、一歩前へ出た。

「おい」

元木が山本の腕を引っ張り、俺から遠ざけた。

「言う事言ってからにしろ」

山本は、ちっと舌打ちをし、俺を睨みつけた。

「早く用件言えよ」

三人に向かい、言う。元木が、俺のもとへと歩みながら言った。

「言いたい事は一つだよ。お前もバカじゃないんだから、そんぐらいわかるだろ？」

「大体な」

「よかった。バカじゃなくて」

元木の言葉に、山本と戸田がクスクスと笑った。

コイツらは、本当に何も変わっていない。変われるはずがないんだ。愛を知らずに育った奴らに、愛がわかるわけがない。コイツらにとっては、愛を知っている奴は皆敵だ。自分にないものを持ったものは、敵でしかないんだ。

嫉妬心、それは奴らの中で悪意に変わる。それが激しければ激しいほど、悪意は黒さを増し、石化していく。どんどん、どんどん、大きくなり、巨大な石になっていく。

奴らの心は、石化した悪意で満たされる。そうした奴らは、もう、自分で自分を止める事ができない。俺がナナを愛する気持ちを止められないのと同じように、悪意しか知らない、悪意の魅力に酔わされた奴らは、欲求を満たすため、ひたすら発散の対象を探し続ける。自分の中に溜め続けておけない悪意を発散するために、他が苦しむ姿を求める。他が苦しめば苦しむだけ、快楽は増していく。そして、石化した嫉妬をなくそうとする。しかし、なくしてもなくしても、嫉妬は消えない。増えていくばかりだ。だって、本当は愛を求めているのだから。一番求めているものを、奴らは手にできないのだから。

奴らは、そういう生き方しかできないのだ。

――かわいそうな奴ら……。

元木達から視線を外さないまま、そう思っていた。

愛を知らなければ、優しさで満たされる事を知らない。何もしないでも笑える心地

いか、奴らは知らない。一生、知る事はできない。そう、かわいそうなのだ。人とし
よさを知らない。どんなに胸が締めつけられるか、相手が笑っただけでどれほど嬉し
て一番望むものを手にできないのだから。

「あのさぁ、いい加減睨むのやめてくれる？」

戸田が俺の肩を摑んだ。ありったけの力で振り解く。

「いってぇな～……」

戸田が俺の胸倉を摑んだ。

「戸田」

元木の言葉で、戸田はしぶしぶ手を離した。目は、俺を睨みつけている。俺は、戸
田と睨み合っていた。

「あのなぁ～……」

元木が腰に手を当て、やれやれといった声を出した。

「淳太郎っ！」

橋の上から声がした。

ナナが、橋の上から俺の名を叫んでいた。

「来るなっ！」

俺のもとへと走って来るナナに叫ぶ。しかし、ナナは言う事を聞かない。

「何、あの女」

山本がナナを見、鼻で笑う。

「何お前、女なんかできたの？」

戸田が、俺のもとへと駆け寄ってきたナナを見て、言った。

「淳太郎、帰ろう」

ナナが俺の手を引っ張る。

「どうして来たんだよっ！」

ナナに言う。ナナは、「いいから！　帰ろう！」と、俺の手を引っ張り続けた。

「ナナ……」

「帰ろうよ。ね？　帰ろうよ」

ナナが言う。涙目になっている。

「帰ろう淳太郎！　もういいから帰ろう！」

「お嬢ちゃん」

山本がナナの肩を摑み、俺から引き離した。ナナは、「きゃっ」と悲鳴を上げた。

「触んじゃねぇよっ！」

山本の腕を摑みあげる。

「あ？」

山本が、俺の胸倉を摑んだ。

「触んじゃねぇって言ってんだよ！」

俺も、山本の胸倉を摑む。

「淳太郎……大丈夫だから、もう帰ろう」

「お嬢ちゃん、ちょっとだけ黙っててくれない？　用事はすぐにすむからさ」

元木がナナの腕を引っ張り、隅っこに連れて行った。

「やめてよ！　放して！」

腕を振り払おうと、ナナが暴れる。

「おい、触んなって言ってんだろう！」

山本の胸倉を放し、元木のもとへ走る。

「放せっ！！！」

俺の怒声に、元木は「はいはい」と言い、両手を上げて見せた。ナナを身で守る。

「お前さ、ちょっと落ち着いたら？」

ため息をつきながら、元木が言った。

「俺らは別に、お前に言いたい事があるだけだって」

「だからなんだよ？　もったいぶってねぇで、さっさと言えよ！」

「だから落ち着けって」

元木が言う。山本が、俺の背後に回っていた。戸田が、元木の隣にぴったりとくっついた。いつもの態勢。

「ナナ、あっち行ってろ」

ナナの背中をポンッと押し、端っこに寄せた。

「淳太郎、帰ろうよ」

ナナが同じ言葉を言い続ける。俺の方に歩もうとする。

「いいから来るな。そっち行ってろ」

ナナに言う。俺の低い声に、ナナは足を止める。

「まぁまぁ、ラブラブじゃん？　もうヤッたの？」

戸田が茶化すように言った。怒りが込み上げる。

「うっせぇなっ！　関係ねぇだろっ！　さっさと用件言えよ！　このクズ共が！」

「お前、なめんのもいい加減にしろよっ！　さっきから誰に向かって口利いてんだよ！粋がるなっ！」

戸田が、俺の胸倉を掴んだ。俺も、掴み返す。

「粋がってんのはどっちだよ？　一人じゃ何もできないくせに！　知ってるか？　弱い犬ほどよく吼えるんだよ！」

「てっめぇ～……！　もういっぺん言ってみろっ！」

戸田が、俺の胸倉をぐいっと自分の方へ近づけた。鼻と鼻がくっついた。ガンつける戸田に、ガンつけ返す。

「何度でも言ってやるよっ！　弱い犬ほどよく吼えるって言ってんだ！　お前らはクズでしかねぇよっ！」

ガッ！

戸田のパンチを頬が受け止めた。思いっきり、地面に尻餅をついた。

「淳太郎っ！」

ナナが走り寄ってくる。

「来んなっ！！！」

ナナに向かい叫ぶ。ナナはビクッと身体を震わせ、足を止めた。

「こっちが優しくしてたらいい気になりやがってっ！」

戸田が、思いっきり唾を吐きかけた。唾を拭い、立ち上がる。山本が左側に、戸田が真正面に、元木が、右側についた。

「戸田、押さえろ」

元木が言った。

「だって、ムカツくだろ！」

戸田が反論した。

「いいから。目的考えろ」

元木が言い返した。戸田は、ちっと舌打ちした。

「で？　なんだよ？　言いたい事あるんじゃないのかよ？　それとも、ただ殴りたいだけか？　お前ら、人を殴る事でしかストレス発散できないんだもんな。マジでかわいそうな奴らだわ。同情するよ」

三人を睨みつける。もう、怖くなんてない。やれるものならやってみろ。腹を据えた俺には、怖いものなどなかった。

山本が、俺の胸倉を再度摑んだ。もう、慣れた。なんの感情も湧かない。ただ、山本を睨みつける俺がいた。

「ダメだ。我慢できねぇ」

「殴りたいなら殴れば？」

山本に言う。

「あ？」

「殴りたいんだろ？　殴れよ。俺を殴るのが、弱いものを大勢で痛めつけて遊ぶのが、お前らの唯一の趣味だろ？　やりたけりゃやれよ」

「てめぇ……」

山本が拳を握った。

「淳太郎から離れてっ！！！」

川辺に、ナナの大声が響いた。

「おい……」

戸田がナナを指差し、元木を突いた。鞄の中からバタフライナイフを取り出し、手に持つナナがそこにいた。バタフライナイフは、山本に向けられている。山本は驚き、俺の胸倉を離した。

「ナナ……」

ナナの姿を見つめる。ナナはバタフライナイフを両手で持ち、胸の辺りでプルプルさせていた。こんな事、した事はないのだろう。当たり前だ。刃物を他人に向けるなど、普通、経験する事じゃない。

「ナナ、何やってるんだよ。やめろ」

ナナに言う。しかし、ナナは山本へとバタフライナイフを向けたまま、首をぷるぷると横に振った。

「淳太郎から離れなさいよっ！　何が目的で淳太郎の事呼び出したの？　なんで放っておいてくれないの？　淳太郎はね、あなた達のおもちゃでもなんでもないんだからっ！」

ナナが、バタフライナイフを山本から戸田へ、戸田から元木へと向けた。三人が、一歩後退した。

「ナナ、離して。それ、離して」

ナナに近づく。優しい声でナナに言う。しかし、ナナは興奮しているのか、俺の声が聴こえていないという様子で、元木達に怒鳴った。

「もう、十分でしょ？　淳太郎に関わらないでっ！　人の事殴っていじめて！　あなた達なんなの？　それで自分が強いとでも思ってるの？　格好いいとでも思ってるの？　勘違いもはなはだしいわっ！」

「お嬢ちゃん、落ち着いて。そんな物似合わないよ」

元木がナナに近づき、言った。ナナは元木をきっと睨み、大声を上げた。

「近づかないでよっ！！！　あなたにお嬢ちゃんなんて言われる筋合いはないわっ！　あなた達みたいな精神年齢の低い人にお嬢ちゃんなんて、子供扱いされたくないわ！」

ナナはバタフライナイフを元木に向け、叫んだ。目が据わっている。危ない。

「ナナ、いいから離して。危ない。怪我するぞ」

ナナのもとへと歩み、手からバタフライナイフを奪おうとする。しかし、ナナの手は硬直しているのか、バタフライナイフをぎゅっと握ったまま動かない。

「ナナ、力抜いて」

ナナの両手をベシッと叩き、力を抜かせバタフライナイフを奪い取った。ナナは、自分の両手を見つめ、その場にヘタリと座り込んだ。腰を抜かしたのだ。ナナの瞳に、次々涙が溢れ、頬に落ちた。

「こっえ～女……。マジでやべぇ……」

　山本がナナに向かい言った。反射的に腹を押さえている山本を見て、父さんが腹を刺したのだと察した。

　三人の顔が強張っている。女遊びの激しいコイツらでも、女に刃物を向けられた事なんてないのだろう。やはり、普通、経験するものではない。

　いつまでも本題に入らない事にイライラしていた俺は、コイツらの言おうとしている事を代弁した。

「お前らの言いたい事はわかってるよ。うちの父さんや母さんも捜しているんだろ？」

　俺の言葉を聞き、元木は頷いた。

「鋭いな。頭のいいお前らしいよ。お前の両親がこの世界に来たってのは知ってるからな」

　――やっぱり……。

　父さんと母さんを逃がしてよかったと思った。元木の返答で、俺の考えは何も間違ってなどいなかったと立証された。

「あいにくだけど、父さんと母さんには会わせないよ。何があってもね。お前らが好き勝手できたのは、あの世界でのみだ」

「どういう意味だ？」

元木が問う。眉間に皺が寄っている。

「そのまんまの意味だよ。お前だってバカじゃないんだから、そんくらいわかるだろう？」

元木に言う。元木がため息をついた。

「お前なぁ……」

「なんだよ？」

「落ち着けって言ってるだろう？」

「落ち着いてるだろ。腹据えただけだよ」

ふっと笑い、言った。人間怖いものがなくなると、こんな笑いが浮かぶのか。そう思った。今まで生きていて、一度も浮かべた事のない笑みだった。微笑みでもなければ、冷笑でもない。怒りを表した笑み。憎しみの笑み。

「お前見てるとホントにイライラする。なんなの？　自分は何も間違ってないって顔。お前見てると、見下されてるような気がしてたまらないんだけど、俺の気のせい？」

戸田が、右手の握り拳を左手で包みながら言った。

「いや？　気のせいじゃないだろうね。でも、見下してるのとは違うんじゃない？

俺は、お前らみたいなかわいそうな人間じゃないから。お前ら見てると、同情したくなるんだよ。愛も、本物の友情も知らずに生きてるお前ら見てるとね」

「あん？」

山本が俺の髪をぐいっと引っ張った。

「女ができた途端に、ずいぶんと生意気になったな。チェリー捨ててひとまわり大きくでもなったつもりか？　あ？」

「お前らみたいに精子出すだけのＳＥＸと一緒にすんなよ」

苦笑して見せる。

ガッ！

山本の蹴りが腹に命中した。前かがみになり、蹴られた腹を押さえながらも、なお苦笑した。

「ホントに、成長しない奴らだな」

「てっめぇ～！」

山本が思いっきり俺を殴る。地面に倒れる。血の味。懐かしく思えた。ナナの悲鳴が聴こえる。俺は、それでも苦笑し続けた。

「笑ってんじゃやねぇよ！」

山本がポケットからジッポーを取り出し、握り締めた。そして、その拳を振り上げた。

「山本！」

元木の声で、山本の振り下ろした拳が俺の頬寸前で止まった。

「やめろ」

元木は静かな声で言った。コイツのこんな声は、聴いた事がなかった。

――何を企んでいる？

三人をそれぞれに見ながら、考えた。

――父さんに殺された仇を、俺で取るつもりか？　殴るだけじゃなく、今度は自分達の手で、俺を殺す気か？　俺が息絶えて逝くのをじっくりと観察でもする気か？　その姿を、また写真にでも撮るのか？　今度は、もう何も抵抗できなくなった俺の死体を全裸にでもして、卑猥なポーズでも取らせるつもりか？　そうして、あの時以上の迫力のある写真を撮り、またネットで流す気か？

「なんでだよ！　裕貴、腹立たないのかよ！　こんな奴に、ここまで言われてるんだぜ？　それでも黙ってろって言うのかよ？　手ぇ出すなって言うのかよ？　喧嘩を吹っかけてんのは、コイツだぞ！」

山本が元木に叫んだ。目が怒りに満ちている。しかし、元木は何も言わない。

「なぁ！　裕貴！　お前、腹立たないのかよっ！　こんな僕（しもべ）みたいな奴にこんな事言われて！　腹立たないのかよっ！」

山本が元木へ叫んだ。元木は俺を見つめ言った。

「コイツは僕じゃない」

「え？」

戸田が聞き返した。

「どういう意味だよ？」

山本も聞き返した。

「まさか裕貴、お前、俺らの事裏切って、コイツの肩持つつもり？　逃げんのかよっ！　コイツの父親がこの世界にいるからって、怖くなったのかよ？　こんだけ言われたんだぜ？　殴る権利はあるだろう！」

山本が怒声を浴びせた。元木は眉一つ動かさずに言った。

「お前ら、忘れたのか？　コイツはな、あの世界でだって、一度も俺らに謝った事なんかなかったんだよ。いくら殴っても、何してもね」

「だから、なんだよ？」

意味がわからないといった顔をし、戸田が問う。元木はふ〜っとため息をついてみせた。

「だから、コイツは僕なんかじゃないって言ってるんだ。決して負けを認めなかったからな」

「じゃあ、なんだって言うんだよ？」

山本が元木に尋ねた。元木は俺の顔を見つめながら、言った。

「コイツは、今までの相手とは違う。一番危ないタイプだ」

「危ないタイプ？」

山本がオウム返しに言った。

「だから？　だからどういう事だよ？」

戸田が尋ねる。元木は、ふ～っと息をつき、前髪を揺らした。

「だから、こっちも気をつけなきゃいけないって事だよ」

そう言うと、元木はゆっくりゆっくり俺へと歩を進めた。

「なるほどね」

山本と戸田も、俺へと近づく。

「淳太郎……。淳太郎！」

ナナが俺の名を叫ぶ。だけど、俺はナナに視線を移さず、三人を睨みつけた。

元木が、俺の腕を引っ張り、俺を立たせた。

「淳太郎っ！」

ドスッ！

「……ぎ、ぎゃぁぁぁぁぁぁぁぁぁぁあああ！！！」

突如、山本の悲鳴が響き渡った。その場にいた全員が、ナナを見て、放心状態になっていた。

山本の背中をバタフライナイフで刺しているナナの姿……。ナナの手は、ガクガクと震えていた。その手を、ナナが引く。バタフライナイフが山本の身体から抜き取られる。その瞬間、ドバッと、血しぶきが飛び散った。山本は、地面に倒れ込んだ。

「山本っ！」

戸田が山本を抱きかかえた。

「いってぇ～！　いってぇ～！！！！」

山本の声が響く。

「てっめぇ～！」

戸田が、ナナに向かい全速力で走った。

「ぶっ殺してやる！！！」

戸田がナナの胸倉を思いっきり掴んだ。ナナの手からバタフライナイフが離れ、地面に落ちた。戸田が、ナナの顔を思いっきり拳で殴った。

「ナナ！！！」

ナナのもとへ駆け寄り、戸田の右頬に拳を命中させた。

「てめぇ、ナナに何やってんだよ！！！」

それでも戸田はすぐに立ち上がり、ナナの顔を再び拳で思いっきり殴った。

「女に手ぇ上げてんじゃねぇよ！」

戸田の左頬を殴る。

「うっせぇ！」

戸田が、俺に頭突きをした。一瞬、頭が真っ白になった。激しい怒り。憎しみ。

戸田が、ナナの腕に手をかけた。プチッと、血管が切れた。

「ぎぁあああああああああっ！！！」

戸田が腹を抱えてうずくまった。俺が、戸田の腹を刺したのだ。戸田は、腹を抱え転がった。俺は、戸田の喉を目がけ、思いっきりバタフライナイフを振り下ろした。

「やめろっ白戸っ！！！」

元木の声が聴こえたような気がした。しかし、戸田の喉には、ぐっさりとバタフライナイフが突き刺さっていた。人を刺す時、感触がないと何かの本で読んだ事があったが、本当だった。まるで豆腐に包丁を入れたような感覚。

俺は、何度も何度も戸田の首にバタフライナイフを突き刺した。ナイフを抜くたび、血しぶきが飛んだ。それでも、俺は刺し続けた。

何回も。

何回も。

何回も。

戸田は、カッと目を見開き、もう動く事はなかった。

戸田嘉樹は、死んだ。

戸田の返り血が俺を赤く染めていた。生温かい血。ぬるぬるしている。興奮状態は高まる一方だった。俺はバタフライナイフを手にしたまま、山本目がけて全力ダッシュした。そして、刺した。戸田と同じく、山本の首を。やはり、豆腐を刺すような感覚だった。グニョリという、そんな感覚。

山本は、口をパクパク開け、何かを伝えようとした。

「なんだよ？　悪態の一つくらい、最後に聞いてやるぜ？」

山本に言う。もう、俺は人間ではなくなっていた。村上医師に言ったとおり、俺は鬼になった。

山本は真っ赤な血を吐きながら、「ち……がう……」と言った。よく聞き取れない。声とは言えない声だったが、でもたしかにそう言った。

「お前らしくないな。最後の言葉が命乞いか？　意外だったよ」

俺はふっと笑った。たぶん、世の中で一番醜い笑みを浮かべている。俺は、悪魔に魂を売ったのだ。

山本はそう言うと、ゲホッと吐血し、息絶えた。

「ば………」

山本徹平は、死んだ。

山本が死んだのを確認したあと、俺は迷わず元木のもとへ全力で走った。自分のほうへと駆け寄ってくる俺を見て、元木は川沿いをダッシュし、俺から逃げた。俺は全速力で追いかけた。

「淳太郎！　もうやめて！」

ナナの悲痛な叫びを、背中で聴いていた。しかし、やめない。いや、やめられない。ここまできたらやめられない。やめられるわけがない。

十メートル、三十メートル、五十メートル……。元木との追いかけっこ。

徐々に、元木に近づく。

「聞けっ！　白戸っ！」

元木が振り返りながら言った。俺は、何の反応もしなかった。元木が再び前を向き、走り出した。

百メートル、百二十メートル、百五十メートル……。

二百メートルほど走り、元木に追いついた。俺は、元木の背中を刺した。元木はガクッと、膝から地面へと落ちた。

元木の髪を引っ張り、顔面を地面へ叩きつける。元木が、「うっ」という声を上げた。元木の身体をあお向けにさせる。一発、二発、三発、四発と、元木の頬を殴る。これでもかというほどに、何度も何度も殴った。元木は、ずっと俺の目を見ていた。何かを伝えようと、口を動かした。

「聞……け……」

元木が言った。俺は叫んだ。

「お前の話なんか聞くだけ無駄なんだよっ！」

そして、俺は元木の腹を刺した。元木が、小さく微笑んだ。

「さすがリーダーだな。最後は笑みで飾ろうってか？」

元木に言った。元木は、「いや」と言った。

「じゃあ、なんだよ？　殺人鬼になった俺をバカにしたいか？」

そう問うた俺に、元木が言った。

「あ……あぁ……。お前は……バカ……だ……」

途切れ途切れに元木が言った。

「あぁ！　俺はバカだよ！　お前らの思いどおり、幸せになんかなれない！　よかったな！　望みが叶って！　全て、お前らの思いどおりだよっ！」

俺は元木の髪を引っ張り、顔をぐいっと上げさせた。

元木が、笑った。

「ほ……んとに……バ……カだ……。俺……達が……お前を……さが……してた……のは、……お前に…謝りたかった……からだったのに……」

ハッハッハッと息を吸い込みながら、元木が言った。

「……え？」

元木の髪を離す。元木の頭が、ガクンと落ちた。

「謝り……たかったんだ……。お前にも……お前…の…両親……にも……。アイツらは……血の気多くて……謝る…態勢じゃ……なかったけどっ……でも、……お前に謝るつもり……だった……」

元木が言う。元木の言葉に呆然とする。

――謝るつもりだった？　コイツらは謝るつもりで俺を捜していたのか？　復讐のためじゃなかったのか？

まさか……。そんな……。

「う、う、嘘だ！」

俺は元木の言葉を否定した。元木は、ふっと笑った。

「死ぬ…寸前……の奴…の……言葉……くらい…信じ……ろよ……。疑い……深い……奴…だな……」

ゲホッと、元木が吐血した。

「おい……」

元木の肩を揺する。今なら、救急車を呼べば間に合うかもしれない。

「おい、死ぬなっ！」

そう言う俺に、元木が笑った。コイツのこんな笑顔は、初めて見た。目が、澄んでいる。汚れなき赤ん坊のような、透き通った目をしている。

「バ……カ……。自分…で……刺した……んだろ……」

そう言うと、元木は俺の手を掴んだ。血でぬるぬるしている。しかし、元木は力を振り絞り握った。

「いじめて……ごめ……ん……な……」

元木の謝罪。決して聞く事などないと思っていた、元木の謝罪。どんなに生まれ変わっても、絶対に聞く事なんてないと思っていた言葉。

「おい……」

元木の手を握る。元木が、最後の力を振り絞って言った。もう、声にはなっていなかった。

「マジで……ごめ……」

元木の手が、俺から離れた。ガクンッと、顔が左に傾いた。目を見開いたまま元木は動かなくなった。口元には小さな微笑が浮かんでいた。それは、初めて愛を知ったような顔だった。もしかしたら元木は、ずっと自分が嫌いだったのかもしれない。だけど、初めて好きになれたのかもしれない。自分という人間を、初めて……。

元木の顔は、そんな顔だった。

俺は、放心状態になったまま動けなかった。元木の身体からバタフライナイフを抜き取り、見つめた。

——全部、俺の勘違いだったのか……？

「そんな……」

呟きが漏れる。

ナナの言うとおり、元木達は俺に謝罪したかっただけだった。自分達が犯した罪を償いたいだけだった。『ごめん』、その言葉を言いたいがために、俺を呼び出した。だけど、だけど俺は、そんな結末が訪れようとしているのも知らずに、ただ元木達を憎み、決めつけた。未来を決めつけたのだ。誰も知る事などできない未来を決めつけ、殺した。

未来は本当に霧の中だったのに。

バタフライナイフが地面に落ちた。俺は、元木の身体を揺さぶった。

「おい！　起きろよ！　嘘だろ！　謝りたかったなんて、嘘なんだろ！」

ガクガクと元木の首が揺れる。だけど、元木はもう動かない。

「嘘なんだろ！　本当は、復讐したかっただけなんだろ！」

それは、そうであって欲しいという俺の願いでしかなかった。そうであったなら、自分が少し救われるからだ。だけど、違う。俺の願いは届かない。全ては誤解だった。全ては俺の考え過ぎでしかなかった。全て、違っていたのだ。

どんなに揺さぶろうとも、どんなに名を呼ぼうとも、元木はもう二度と動く事はなかった。

元木裕貴は死んだ。

俺が、殺したのだ。

戸田も。

山本も。

元木も……。

俺は真っ赤に染まった両手を見つめていた。いつまで経っても放心状態から抜けられなかった。太陽の光も、流れる雲も、川の流れも、草も、花も、この世界も、すべて架空のもののように思えた。全て偽りのもののように思えた。俺はずっと、両手を見つめたままだった。人の命を奪った、自分の両手を。

「淳……太郎……」

ナナが俺の名を呼んだ。俺は振り返る事もできずにまだ両手を見つめたままだった。

そんな俺を包み込むように、ナナが俺を抱きしめた。ナナの両手が、俺の手を包む。

ひっくひっくという、ナナの嗚咽が聴こえていた。

「淳太郎ぉぅ……」

声を出し、ナナが泣いた。俺の瞳からも、涙が一粒零れ落ちた。

しばらく、ナナはそのまま俺を抱きしめていた。何度も何度も、俺の名を呼びながら。

やっと放心状態から解放され、ナナの顔を見られたのは、太陽の光が薄らいだ時だった。どれだけの時間、ナナに抱きしめられていたのだろう。トクントクンという、ナナの鼓動を背中で感じていた。

俺は、元木の死体から離れ、山本の死体へと歩んだ。山本の歪んだ死に顔を見つめ、二粒目の涙を流した。そして、戸田の死体へと歩み、戸田の顔を見た。やはり、歪んだ顔だった。目を見開き、口を開け、痛みで歪んだ顔。どれほどの痛みだったのかが伝わってくる。三粒目の涙が、頬に零れた。

俺は、罪を犯した。信じるという事ができなかった俺は、三人の命を奪ったのだ。

再び、両手を眺めた。そして、その場に座り込んだ。

その時だった。

ドスッ！

背中に衝撃が走った。前かがみになりながらも、ゆっくりと振り返る。

ナナが、俺をバタフライナイフで刺していた。ナナの瞳には、次から次へと涙が溢れていた。

ナナの身体は、小刻みに震えていた。それでもナナは、俺の目を見つめていた。そして、囁くようにナナは言った。

「私達の罪と共に、眠りましょう」

ドスッ！

二回目の衝撃が脇腹に走った。アスファルトの地面に、俺の血が飛び散った。

「そして、来世で、必ずあなたと」

ドスッ！

三回目の衝撃が首筋に走った。

「どんなに生まれ変わろうとも、私はあなたを愛します」

だんだんと、目の前が揺らいでくる。身体が地面へと倒れる。映画のスローモーションのように、ゆっくりと、ゆっくりと……。

俺は、地面にうつ伏せになった。どくんどくんと、身体から血が溢れていくのがわかる。目の前がチカチカする。小さな光が飛ぶ。ナナが、俺を見下ろしている。

「ナ……ナ……」

ナナが、自分の首をバタフライナイフで切り裂いたのが見えた。ナナが、俺の身体の上へと倒れこんだ。

俺は、最後の力を振り絞り、ナナの身体を抱きしめた。

そして、俺は目をつむった。


真っ白い空間にいた。

右も、左も、上も、下も、前も、後ろも、全て真っ白な空間の中にいた。真っ白な空間の中で、俺はうずくまっていた。ただ、うずくまっていた。

血は、もう出ていなかった。傷口ももうなかった。痛みもない。身体を動かそうとしたが、やめた。なぜだか、このポーズのままでいたかった。安心するのだ。落ち着く。不思議な感覚。味わった事のない感覚。ずっと、このままでいたいと思った。

俺は、何度も安堵のため息をついた。

そして、眠りに落ちていった。深い深い、眠り。あの時の眠りとはまた違った眠り。まるで、暖かい光を待ちわびるための冬眠みたいな、そんな眠り。

その眠りは、いつまでもいつまでも続いた。このままもう、二度と目覚めないのではないだろうか？　そう思ってしまえるような、でも、不思議と怖くない、このままでもいいと思えるようなそんな眠り。

そんな眠りが、ずっとずっとずっと続いた。

たぶん、もう永遠にこの眠りから目覚める事はないだろうと思った。


しかし、俺は覚醒した。


今度は真っ暗い空間の中で。生温かい液体が、俺の身体を包み込んでいた。

光は射さなかった。ただ、暗闇が広がっていた。でも、不思議と怖くはなかった。むしろ安心していた。俺はうずくまったまま、右に動いたり左に動いたりした。少し手を伸ばしたり、足を伸ばしたり、日に日に、空間が窮屈になっていった。

壁の外から、ポンポンという音が聴こえたりもした。

――なんで俺はこんな空間の中にいるんだっけ？

徐々に記憶が薄らいでいく。何かを忘れているような気がする。大事な何かを、忘れている気がする。忘れてはいけない何かを、忘れてしまった気がする。

――俺って、誰だっけ？

思いっきり足を伸ばし、両手を伸ばした。また外から、ポンポンという音が聴こえた。

――ここ、なんだろう？　でも、温かい。とても温かい。

俺は再びうずくまり、眠った。覚醒しては眠り、再び覚醒しては眠った。

だけど、どんどんどんどん、空間は窮屈になっていった。

どれだけこの中で眠っていたのかわからない。

ある日突然、俺の身体が下へ下へと下がっていった。俺は焦った。なんだろう？

なんなんだろう？　だけど、ぐっぐっと圧力がかかり、どんどん身体が下へと押し出されていく。

狭い。とても狭い道。でも、それでもどんどん下へ下へ押し出されていく。

苦しい。苦しい。早く元の場所に戻りたい。こんな狭い道、通りたくない。でも、押される。押され続ける。下へ。下へ。下へ。

「もう少しで頭が見えますよ」

誰かの声がした。男の人の声。

「は、は、はい！」

苦しそうに応える女性の声がした。どこかで聴いた事のある声。

――でも、誰だっけ？

思い出せない。

とうとう、光が射し込んだ。目は瞑ったままだけど、明るい場所だとわかる。両脇を摑まれ、最後の圧力と共に引っ張られた。

広い広い空間に出た。

「おぎゃぁぁぁぁぁぁぁ！！！」

俺は声を出し泣いた。力一杯泣いた。誰かの腕の中にいる。

「元気な男の子よ～」

優しい声がした。違う誰かに抱きしめられたのがわかった。とても優しい、でも少しぎこちない抱き方。

「淳太郎って、名づけるんです」

俺を抱いている女性が言った。

「淳太郎君？」

「えぇ。主人が淳一郎で、私が妙子だから、二人の名を取って淳太郎って……」

「素敵な名ね」

女の人が言った。

俺はずっと泣いていた。何がなんだかわからない。この世界はなんだろう？　俺はなんだろう？

ここはどこだろう？

なんだっけ？

なんだっけ？

なんだっけ？


二〇××年三月十六日。

父・淳一郎、母・妙子のもとに、白戸淳太郎は誕生した。

二重の大きな目が印象的な子だった。鼻筋も通っていて、全体的にパーツが整っている。手足も長い。


淳太郎が産まれて三ヶ月が経過した。

「美形の赤ちゃん。ハーフみたい」

淳太郎を見た大人達は、口々にそう言った。そう言われるたび、妙子は満面の笑みで、「よかったわね、淳太郎～」と、淳太郎の頬を撫でた。淳太郎はきゃっきゃっと笑った。


淳太郎が産まれて、十ヶ月が経過した。

淳一郎は、くまのぬいぐるみや、自動車、新幹線のおもちゃを買ってきては、淳太郎の手に持たせた。どう遊べばいいのかわからない淳太郎は、掴まされたおもちゃを力一杯投げた。淳一郎はそんな淳太郎を見て、「コイツは元気だ」と笑った。

「パパ、危ないから固いもの淳太郎に持たせないで」

妙子は淳太郎の手からおもちゃを奪った。

おもちゃを奪われた事に腹を立てた淳太郎は、「あぎゃぁぁぁぁぁ」と泣き叫んだ。

「ホラ、淳太郎は欲しがってるんだ。渡してやれよ」

淳一郎は妙子からおもちゃを奪い、淳太郎に手渡した。

「ホラ、ブーブーだ。車っていうんだ。こっちは新幹線だぞぉ〜。速いんだぞ〜」

再びおもちゃを手にした淳太郎は泣き止み、今度は淳一郎目がけておもちゃを投げた。おもちゃは淳一郎のおでこに命中した。

「いって〜」

淳一郎はおでこを撫でたあと、「やったなぁ〜」と、淳太郎を力一杯抱きしめた。

淳太郎は淳一郎の腕の中で、きゃっきゃっきゃっと笑った。

その様子を、妙子はおだやかな笑みで見つめていた。


淳太郎が産まれて二年が経過した。

「お隣、新しい人引っ越してきたみたい」

妙子が言った。

「あぁ、佐藤さん、転勤だったんだっけ？」

淳一郎が問うた。テーブルに淹れたてのコーヒーを置きながら、妙子が答えた。

「えぇ。単身赴任は嫌だってご主人が言ったらしいわ。京都はいい所だし、佐藤さんも家族で引っ越しを決めたそうよ」

「京都かぁ～。いい場所だなぁ～」

「そうね」

淳一郎が、妙子が淹れたコーヒーを口にした。

「で？　新しい隣人さんはなんて名前？」

コーヒーカップから口を離し、淳一郎が問うた。

「根元さん。淳太郎と同じ歳の女の子がいるんですって。たしか、ナナちゃんっていったかな？」

「ナナちゃんか。かわいい名前だな。淳太郎のガールフレンド第一号か」

淳一郎が笑った。

「えぇ。色白でかわいい子よ」

妙子が、淳一郎に言った。

「な〜な〜な〜」

淳太郎は叫んだ。

「お？　今ナナって言ったか？　淳太郎。早くも恋に落ちたか？」

淳一郎は淳太郎を抱き上げた。淳太郎は「な〜な〜」と口にし、笑みを浮かべた。

「惚れたってさ。どうする？　ママ」

淳一郎が妙子に聞いた。

「何言ってるの。まだ早いわ」

妙子が即答した。

「ははは。ヤキモチか？　なんか、お前の将来の姿が見えたよ。口うるさい姑になるなよぉ〜」

からかうように淳一郎が言った。

「何言ってるのよ！　私はね、淳太郎が選んだ相手なら、どんな子でも快く迎えてあげるつもりよ」

妙子はそう言うと、コーヒーカップに口をつけた。

「じゃあ、ナナちゃんでもいいじゃないか。なぁ〜。淳太郎〜」

淳一郎が、淳太郎を高い高いした。淳太郎は、満面の笑みを浮かべた。

妙子は、複雑な顔をし苦笑した。

淳太郎が産まれて、二年半が経った。


ピンポーン。

インターホンが鳴った。

「はぁ〜い」

妙子が玄関に向かい返事をした。

「淳太郎、おいで」

妙子に呼ばれ、淳太郎は妙子のもとまで歩んだ。妙子が淳太郎を抱っこし、玄関に向かった。

「あら、根元さん、こんにちは〜」

ドアを開け、妙子が出迎えた。

「こんにちは〜。ケーキ焼いたのよ。食べない？」

根元さんと呼ばれた女性が、ケーキの入った箱を見せながら言った。

「嬉しいわ〜。あがってあがって。散らかってるけど〜」

妙子が中へと招く。

「おじゃましま〜す」

女性が中へと入る。

「こんにちは〜。ナナちゃん」

妙子が、ナナの頬を撫でた。ナナは恥ずかしそうに微笑んだ。

「淳太郎、ホラ、ナナちゃん」

妙子がナナへと淳太郎を近づける。淳太郎は、ナナの頬を触った。ナナが淳太郎に微笑んだ。

淳太郎は、突然ナナの唇にキスをした。

「コラ！　淳太郎！」

妙子が叱った。しかし、ナナは嬉しそうに微笑んだ。

「まぁ、ファーストキスね」

ナナの母がクスクスと笑った。

「すみません。本当に……」

妙子が申し訳なさそうに謝罪した。

「いいのよいいのよ。ナナもまんざらじゃないみたい」

ナナの母がナナの顔を覗き、言った。

淳太郎は、心の中がぽぅっと温かくなった。何かを思い出しそうだった。でも、思い出せなかった。ただ、懐かしいような……そんな気がした。

淳太郎が産まれて、三年が経った。


淳太郎はナナと一緒に公園へ来ていた。

「淳太郎~。遠く行っちゃダメよ~」

妙子が言った。

「ナナも、ダメよ~。お砂場で遊びなさい」

ナナの母が言った。

淳太郎とナナは仲良く手を繋ぎながら、「うん」と元気よく返事をした。そんな二人を見て、妙子とナナの母は、にこやかに微笑み、ベンチに腰を下ろした。

淳太郎とナナは、言われたとおり、砂場で遊び出した。

「お山~」

ナナが山を作り出した。淳太郎はナナのために砂を集めた。ナナは淳太郎が集めた砂を盛り、固め、山作りに没頭した。

ボンッ!

ナナが作った山に、サッカーボールが当たった。山は、崩れた。ナナが泣き出した。

淳太郎はナナの頭を撫でた。

「ナナちゃん、泣かないで」

そして、サッカーボールを拾い、こちらに走って来る三人の男の子を見つめた。

「裕貴～、嘉樹くん～、徹平くん～、遠く行かないでね～」

桜の木の下に設置されているベンチに座っている女性が言った。裕貴、嘉樹、徹平と呼ばれた三人は、淳太郎のもとまで駆け寄った。

「はい！」

淳太郎はサッカーボールを裕貴と呼ばれた子に手渡した。裕貴は、淳太郎の手から思いっきりサッカーボールを引ったくった。

そして、あとの二人に視線を移し、にっこり微笑んだ。嘉樹、徹平もにっこり微笑んだ。

そして、淳太郎に向かい言った。

「殺してくれて、ありがとう」


ループされる。

本書は二〇一一年二月、弊社より発行された単行本『ループ!』を文庫化したものです。

この物語はフィクションであり、実在する事件・個人・組織等とは一切関係がありません。

文芸社文庫

ループ！

二〇一七年二月十五日　初版第一刷発行

著　者　窪依凛
発行者　瓜谷綱延
発行所　株式会社　文芸社
〒一六〇-〇〇二二
東京都新宿区新宿一-一〇-一
電話　〇三-五三六九-三〇六〇（代表）
〇三-五三六九-二二九九（販売）

印刷所　図書印刷株式会社
装幀者　三村淳

ISBN978-4-286-18146-2